D1135268

Blind zicht

Jac. Toes

BLIND ZICHT

DE GEUS

Deze uitgave is gebaseerd op het eerder verschenen luisterboek *De methode*, door de auteur geschreven en ingelezen in opdracht van bureau Danthe, ondersteuning in besluitvorming. Dit audioproduct is uitsluitend te bestellen via www.danthe.nl.

© Jac. Toes, 2009
Omslagontwerp Mijke Wondergem
Omslagillustratie © Jupiterimages
Druk GGP Media GmbH, Pößneck
ISBN 978 90 445 1387 5
NUR 305/332

Blind zicht

I

In Tony's Pub leken de zittingen van de barkrukken op uitgekauwd draadjesvlees en van de geluidsboxjes bladderde het fineer alsof er een eczeemepidemie woedde. Uit de geglazuurde bloempotten boven de toog kwam nét voldoende licht om te controleren of er nog drank in je glas zat. Ik heb weinig op met jeugdhonken uit de jaren zeventig maar een stug volgehouden stijl kan ik wel waarderen. Bovendien maakte de barman veel goed toen hij Bowies 'Golden Years' een paar streepjes meer volume gaf en vier perfect getapte glazen bier voor ons neerzette. Hij beantwoordde mijn schrijfgebaar met een routineus knikje en verschoof zijn kapiteinspet naar zijn achterhoofd.

'Op rekening van de jungle', mompelde ik tegen Susan Perdu.

Haar lippen maakten een verontwaardigd rondje. Bij Stadsontwikkeling heeft elke gift een verdacht tintje.

'Wanneer dat biertje je dwarszit, moet je het maar aan je sectorhoofd melden', zei ik. 'In drievoud. Krijg je een ingelaste screening aan je broek. Kom je toch weer bij mij terecht ...'

Als senior beleidsmedewerker bij de gemeente Helzijl lever ik Interne Veiligheid. Aan die dienst houd ik drieduizend-nog-wat per maand over. Net genoeg om van te overleven maar verder natuurlijk een belachelijk hoge beloning voor een illusie.

Susan zag er verhit uit na haar eerste trainingsdag. We hadden de avond tevoren onze intrek genomen in resort De Viersprong, een voormalige paardenboerderij op de Veluwe die door talloze aanbouwsels tot een congrescentrum was omgevormd. De cursusmodule 'Adviezen en Procedures' was voor Susan onbekende stof, maar de rest van onze ondernemingsraad had er een opfrisbeurt aan. Tijdens de ochtendsessie waren we weer eens ingewijd in de geheimen van de Methode van Glas. 's Middags hadden we met onze gelijknamige cursusleider al een proefcase gefileerd die voor pittige discussies had gezorgd. Stel, je diensthoofd komt met een probleem: er wordt te weinig productie gedraaid. Hij geeft de oplossing er meteen bij: alle ambtenaren leveren drie verlofdagen in. De wet zegt: daar mag de ondernemingsraad wat over roepen. Rollenspelletje dus. Als uitgehongerde hyena's stortten we ons op die oplossing. Na een uur tutten en sputteren waren we zo trots als een ouwe aap toen we niet drie maar slechts twee dagen moesten inleveren.

Oscar Glas lachte het onderhandelingsresultaat finaal weg en liet zien hoe we erin waren getuind. Zijn Methode schoot er als een fileermes doorheen: o ja, waren er problemen met 'de te lage productie'? Welk onafhankelijk onderzoek was er dan gedaan? Wat was eigenlijk de norm voor 'te laag'? En wat moesten we als ambtenaren onder 'productie' verstaan? Kortom, we hadden het veronderstelde probleem voor zoete koek geslikt en erger: we hadden ons voor het karretje van een diensthoofd laten spannen.

Het was een voorproefje voor de case uit de eigen praktijk die de volgende dag op het menu stond en ons al maandenlang zwaar op de maag lag: de grootscheepse verbouwing van Helzijl en vooral de bijbehorende reorganisatie van het ambtenarenkorps.

Susans bezorgdheid over haar integriteitsprobleem met dat gratis biertje was na de eerste slok verdwenen en ze zong vrolijk met Bowie mee.

'Gold! Whop, whop, whop.'

Ik zond een gemaakt grijnsje naar Beer Slykers, die de papieren van onze cursusleider oprolde en in zijn colbertjasje stak. Hij ging met een zacht gekreun op zijn barkruk verzitten en liet een namaakscheet tussen zijn vlezige lippen ontsnappen. Een van zijn standaardgrappen op het gemeentehuis. Sinds hij op de functie van sectorhoofd bij Bouwzaken aasde, sprong hij wat zuiniger om met dit soort ongein. Maar nu we als OR-tijgers ons heil op de Veluwe hadden gezocht, gedroeg hij zich weer eens als een hooligan in het buitenland.

Ik schoof een glas door naar Jani Koss, die het automatisch aannam. In zijn normale leven zit hij zijn tijd uit bij Persvoorlichting dus hij is wel gewend aan gratis rondjes.

Er stond een limonadeglas met rietjes op de toog. Jani pakte er een uit en stak het in het biertje van Susan, vlak voordat ze het glas aan haar mond zette. Ze haalde het eruit en blies het leeg tegen zijn wollen spencer. Het gerucht ging dat zij die zelf voor hem had gebreid maar vandaag had ik niks gemerkt van enige toenadering tussen die twee. Beer Slykers tikte met zijn glas tegen de dichtstbijzijnde bloempot en tooste in het rond.

'Op Angela', zei hij. 'Helaas afwezig.'

Hij vertrok zijn gezicht tot een gemaakt grijnsje waaruit moest blijken dat we de nukken van onze voorzitster maar dienden te accepteren.

Een fijne jongen, onze Beer. Als het om roddels ging, waren de collega's vogelvrij, tenminste, nóg wel, nu hij doodgewoon beleidsmedewerker was. Eenmaal sectorhoofd zou hij drie keer zijn tong moeten afbijten als hij ook maar één kwaad woord over zijn ambtelijke ondergeschikten zou uitkramen. Dan was hij meteen afgebrand in de jungle.

Ik wierp een snelle blik naar Susan, die keurig haar nagels inspecteerde. Jani Koss had opeens een barstje in zijn glas ontdekt en wreef bezorgd met zijn wijsvinger over de rand.

Je mag onze voorzitter Angela Marskramer noemen hoe je wilt: carrièrebitch, kantoordoos, desnoods *officeslut* – ons gezellige gemeentehuis staat niet voor niets bekend als de jungle van Helzijl – maar dat ze een genotzuchtig varken zou zijn, nee.

Een spoedje, luidde haar ultrakorte verklaring toen ze tijdens de theepauze opeens met haar jas uit de garderobe kwam aanlopen. Ze pakte haar handtas en liet ons achter met de mededeling dat ze zo snel mogelijk naar De Viersprong zou terugkomen.

9

'Misschien eet ik vanavond nog mee', waren haar laatste woorden voordat ze wegstoof.

Als rechterhand van de concernstaf wordt ze voortdurend ingeschakeld bij allerlei kleine en grote rampen. Ik heb haar nooit kunnen betrappen op klokkijken voordat er een oplossing op tafel lag. De sectie Interne Veiligheid, bestaande uit mijzelf en mijn parttimemedewerkster Franca Rosenborg, valt ook rechtstreeks onder die concernstaf. Concernstaf is trouwens een tamelijk heldhaftige benaming voor de gemeentesecretaris van Helzijl, die net als overal afgekort wordt tot 'sic'. Hij heet eigenlijk Godfried Bersten. Daarom geloofde ik Angela zonder meer toen ze ons verbaasd in de conferenceroom achterliet. Wat er dit keer aan de hand was? Ze wapperde mijn vraag weg en nam niet de moeite om ons wat kluifjes toe te werpen, dus kon collega Beer nu naar hartelust zijn borreltafeltheorieën loslaten.

'Marskramer ligt op haar rug aan de Kop van Helle', zei Beer. 'En niet in haar eentje … wedden?'

Hij zette zijn bierglas aan de mond en nam een lange slok. Demonstratief likte hij met zijn tong het schuim van zijn lippen. Susan verpakte haar verontwaardiging over de verdachtmaking in gespeelde verbazing: 'Toe joh, wie gaat er met dit weer aan het strand liggen?'

'Ik zeg niet dat ze aan het stránd ligt', antwoordde Beer met een lachje. 'In die camper van haar zal het er gezelliger toegaan dan hier.'

Hij scheen er de pest over in te hebben maar dat had een andere reden. Dat wist ik op dat moment niet, dat bekende hij pas de volgende dag.

En wat de gezelligheid in haar camper betreft, daar kon ik over meepraten.

Angela Marskramer lag inderdaad aan de Kop van Helle, hoewel het tijdstip, 17.22 uur, en de buitentemperatuur, vijf graden Celsius, daartoe weinig uitnodigden. Begin november valt op dat moment de schemering al in. De temperatuur van het zeewater was weliswaar twee graden warmer dan die van de lucht, maar dat verschil maakt het verblijf ter plekke er niet aantrekkelijker op.

Ze was die middag rechtstreeks naar de Kop van Helle gereden, nét voor de avondfiles uit. Het was een rit van anderhalf uur, die eindigde bij de Bomdijk, een paar kilometer basaltblokken waar een smal zandstrandje was ontstaan. Er kwamen weinig badgasten want bij vloed steeg het water tot aan de voet van de dijk. Toch was het haar favoriete plek, ver verwijderd van de strandpaviljoens waar onophoudelijk loungemuziek uit de luidsprekers dreinde en de zeelucht het aflegde tegen de frituurdampen.

Zomers was ze er zo vaak als de kantooragenda toeliet. Ze kon er urenlang sudderen op het geklepper van de hijstouwen tegen de alarmpaal, het krijsen van de zeemeeuwen en de kreten van een paar spelende kinderen, een geluidencocktail die alleen werd gedempt door de zacht ruisende branding. Hier heerste rust terwijl de rest van de Noordzeekust in een langgerekt pretpark veranderde. Het klotsende water maakte haar loom en ze liet alle spanningen uit haar lichaam wegvloeien in die onmetelijke zee voor haar. Ze onderbrak haar roes vaak om, zittend op de basaltblokken, haar benen te laten afkoelen.

De enige wanklank waren mannen die vanuit het niets naast haar in het zand ploften. Jonge of ouwe viezeriken die een banaal gesprek begonnen.

'Hé, schoonheid, hoe gaan we jou noemen?'

In het begin gaf ze nog weleens antwoord, vooral om die dolende zielen niet te provoceren.

'Angela ...'

'Oh ... engeltje ...'

Tegenwoordig bitste ze zo luid mogelijk terug dat de heren moesten oprotten, zodat ze ongemakkelijk om zich heen keken. Meestal klauterden ze vervolgens terug de dijk op, nadat ze nog eens nadrukkelijk naar haar borsten hadden geloerd. En dan had je nog de hardlopers, die haar vlakbij passeerden. De zandstrook aan de Bomdijk was niet zo breed, hooguit een meter. Wanneer ze er zo met gesloten ogen lag te soezen, bezorgde het geluid van die stampende voetzolen haar steeds een bonzend hart. Alsof er iemand met een fatale tijding op haar afkwam.

Beer Slykers zat er helemaal naast. Angela Marskramer had geen gezelschap, ze bevond zich in haar dooie eentje op dat smalle strandje. En ze hoopte grondig dat er een hardloper of desnoods zo'n geilaard op de fiets zou langskomen. Op deze ijskoude novemberavond zou ze zelfs weer in God gaan geloven als zo'n viespeuk zich over haar heen zou buigen met de vraag hoe ze heette. Ze zou hem hartstochtelijk omhelzen. Van plezier was ook geen sprake, integendeel, Angela was zojuist bijgekomen uit een kortstondige bewusteloosheid. Waar ze die aan te danken had, kon ze zich niet herinneren maar gezien de tijdnood waarin ze verkeerde, was dat wel het laatste probleem dat ze wilde oplossen.

Beer Slykers zat er op één detail ook heel ver naast: Angela lag niet in haar camper. Die stond ongeveer vijftig meter van haar vandaan. Ze lag ook niet langer op het strand maar in zee. Een woelige Noordzee waarvan het peil binnen een paar minuten door opkomend tij zou stijgen.

Dat ze zich niet kon losmaken van de basaltblokken waarop ze lag vastgebonden, bezorgde haar een panische angst die ze ook niet kon bedwingen door hardop alle gebeden uit te spreken die ze zich van heel vroeger herinnerde, van de bidstonden bij de Evangelische Gemeente te Helzijl.

Oscar Glas, onze cursusleider, voegde zich bij ons in Tony's Pub toen we waren begonnen om zijn Methode op huiselijke conflicten toe te passen. Een tweedaagse cursus in een conferentieoord op de Veluwe maakt het meligste in de mens los.

'Stel dat je vrouw de Bestuurder is, hè …zoals het in de wet heet …' Beer keek het kringetje rond in de hoop dat iemand een olijke opmerking maakte. Zijn blik bleef hangen bij Susan. Niemand had echter de behoefte om te geinen over Fanny Slykers, die als beleidsmedewerker bij Economische Zaken op het gemeentehuis werkte.

'En zij verordonneert dat jij je sokken niet meer binnenstebuiten in de wasmand mag gooien', ging hij verder. 'Eerste stap: wat zijn de feiten en de omstandigheden van het probleem waar het éígenlijk om gaat.'

Hij leegde zijn glas in zijn keel.

'Ze heeft er de balen van dat jij altijd je snor drukt als er iets met de kinderen is', vulde Susan aan, die het kennelijk niet zo chic vond dat Beer zijn partner als mikpunt van zijn grappen gebruikte. 'En ze vindt trouwens óók dat je te veel drinkt …'

Ze deed maar een willekeurige gooi naar de huiselijke problemen waarmee Beer te kampen had. Toch zat er minstens één lucky shot tussen: Beers drankgebruik. Dat wist ik uit het dossier dat Angela Marskramer een half jaar geleden had opgevraagd.

Beer zocht afleiding bij de glazen automaat op de hoek van de bar, zo'n antiek ding waar je geld – vroeger een dubbeltje – in doet en dat dan een mondvol oudbakken pinda's uitspuugt. Hij grabbelde in zijn achterzak, haalde er een muntstuk uit en trok de schuif open. Hij liet de pinda's in zijn hand vallen en sloeg ze allemaal achterover. Doen alsof je niks hoort, dat maakte hem in zijn ogen een goed sectorhoofd. Susan nam er geen genoegen mee. Ze herhaalde standaardvraag één van de Methode.

'Nou, Beertje, wat zijn de feiten? Hérkennen en érkennen wij dát probleem ook?'

Slykers werd gered door onze cursusleider Oscar Glas, die aanvoelde dat de sfeer een grimmige wending ging nemen.

'Heel goed', zei hij tegen Susan en met een onschuldig lachje naar Beer voegde hij eraan toe: 'Even checken: had die bestuurder bij jou thuis eigenlijk wel om advies gevraagd?'

Het was er een voor open doel.

'*No sir, I'm the boss at home …*' kopte Slykers in.

'*And his wife gave him permission to say so*', vulde Susan aan en ze maakte demonstratief een gaapgebaar.

'Nee, echt', hield Beer vol. 'Fanny vraagt me nooit om huishoudelijke adviezen, ze kijkt alleen wat er op onze rekening staat. Er loopt tweemaal per week een werkster rond en ze heeft net een tuinman gecharterd om de bollen in de grond te stoppen. Dat moet allemaal betaald worden, hoor.'

Het klonk klaaglijk. Misschien wilde hij laten merken dat hij wel een paar treetjes extra in zijn salarisschaal kon gebruiken omdat hij zijn levensstandaard al had aangepast aan het baantje waarop hij zijn zinnen had gezet.

'Kortom, te veel externen op de werkvloer', stelde Oscar Glas. 'Met een machtsvacuüm als gevolg.'

'De kinderen boeken tegenwoordig hun eigen vakantie', gaf Beer toe.

Hij lachte er meesmuilend bij, alsof hij ze diep in zijn hart benijdde.

'Hoe oud zijn ze?' vroeg Oscar.

'Dertien en dertien.'

'Een tweeling? Dus één front', concludeerde Oscar Glas, nog steeds op dezelfde opgewekte toon. 'Een van de voorwaarden voor de zogeheten verwaarloosde organisatie … Maak je geen zorgen, alles is oplosbaar.'

Hij knikte naar de barman, die met zijn hand aan de tapkraan in de aanslag stond. Oscar Glas is een vechtjas, met optimisme als zijn belangrijkste wapen. Problemen beschouwt hij als draken die je niet alleen op de vlucht moet jagen maar ook moet verslaan. En zijn Methode is het heilige zwaard. Het is zijn hobby, zijn werk, zijn leven. Angela Marskramer belt hem altijd wanneer ze de weg weer eens kwijt is in de slangenkuil die Helzijl heet. Het is een stadje van niet meer dan zestigduizend inwoners, het worden er zelfs steeds minder, want alle grotestadproblemen zijn er in volle glorie tot bloei gekomen. In de pers staat Helzijl als één grote achterstandswijk te boek en tot nu toe heeft er zich maar één wonderdokter gemeld om ons verziekte stadje te genezen: onze ambitieuze wethouder Vetboer, die met veel vertoon bezig is om zijn geurvlaggen uit te zetten. Onze mevrouw de burgemeester had er een halve dagtaak aan om hem in toom te houden totdat ze een paar weken geleden door een acute hernia werd uitgeschakeld. Vetboer zag er de hand van God in en begon meteen zijn plannen door te drukken. Oscar Glas moest overuren draaien om onze

14

ondernemingsraad van adviezen te voorzien.

Beer gaf zijn lege glas een duwtje richting tapkraan. Dat hij geen greep had op zijn thuisfront, scheen hem nauwelijks te deren. Beer is zo'n professional die op zijn werk alles onder controle heeft maar er in zijn persoonlijk leven een puinzooi van maakt. Schoolvoorbeeld van een thuisfalende expert.

Op dat moment had Angela Marskramer de grootste moeite om voor zichzelf te zorgen. Ze had uit alle macht geprobeerd haar voeten los te maken. Ver voorovergebogen had ze aan de ijzeren boeien gemorreld waarmee ze aan de basaltblokken was geketend, terwijl de golven haar in het gezicht sloegen en haar vingers gevoelloos van de kou werden. Ze moest stoppen toen het opkomend tij haar dwong om rechtop te zitten.

In een hevige paniekaanval had ze zich vervolgens los willen worstelen. De poging had slechts schrammen en sneeën in haar enkels opgeleverd. Het zoute water beet nu in de wonden maar ze voelde het nauwelijks, ze kon het zich ook niet permitteren om die pijn te voelen. Langzaam drong tot haar door dat ze zich alleen met een draadtang of een slijpschijf zou kunnen bevrijden.

De golven kwamen al tot over haar heupen en klotsten onder haar giletje. Ze stak haar vingers in haar mond om ze te verwarmen. Zomers had de opkomende vloed haar een prettige sensatie gegeven. Dan verlangde ze er zelfs naar, half in het water liggend, haar ogen gesloten, met een glimlachje om haar lippen. Als die lauwe, bijna onmerkbaar optrekkende golfjes zich van haar lichaam meester maakten, voelde ze zelfs een sensueel effect.

Nu had ze het stervenskoud en rilde ze onophoudelijk in haar doorweekte kleren. Ze draaide zich om, zo ver als haar vastgebonden enkels toelieten en speurde de dijk af. Een massief en duister silhouet, waar ze niets zag bewegen. Of wel? Ze sperde haar ogen wijd open … helemaal daarboven, op de kruin van de dijk? Was daar iemand? Even kwam de maan tevoorschijn, een sikkeltje dat de dijk een paar tellen lang in een vaal licht zette. Ze knipperde met haar ogen. Nee, het waren de wolken die een spel met haar speelden. De keien staken onbeweeglijk af tegen de zwartblauwe lucht. Er was niemand. Niets.

Ze kreunde zacht en draaide zich weer om naar de zee. Heel in de verte, in die ijskoude duisternis, zag ze de lichtjes en de fakkelvlammen van een paar boortorens. Misschien was Roman daar wel aan het werk, in de diepten daaronder. Ze moest opeens plassen. Ze sloeg haar armen om zich heen terwijl de wolken weer even de opkomende maan lieten zien. Ze hief haar hoofd naar de hemel en begon te neuriën om de paniek te bedwingen.

'Maantje, maantje, sta je daar stil op wacht, tussen de sterrenpracht ...' Hoe ging het verder ... Ja, ze wist het weer. 'Maantje, maantje, kijk ik je aan, is het net of je lacht ...'

Bij het laatste woord begon ze onbeheerst te snikken en liet ze haar plas lopen. Ze voelde de warmte een paar seconden uit haar lichaam stromen.

Het begon harder te waaien, merkte ze ook.

Op verzoek van Oscar had de barman een grote portie bitterballen uit de keuken laten komen. Daarmee zouden we het wel tot een uur of acht uithouden. Ondertussen bespraken we het nut van de ambtenarij. Susan probeerde me uit de tent te lokken met vragen over mijn functie.

'Voor welk product ben jij nou eigenlijk precies verantwoordelijk?' vroeg ze.

'Een product met een zeer beperkte houdbaarheid', antwoordde ik om haar cynisme voor te zijn. 'Het heet veiligheid.'

'Dus ze kunnen jouw functie beter opheffen?'

Susan had er geen moeite mee om het nut van haar collega's te betwijfelen. Maar ze deed het met een naïeve oogopslag die eerder vertedering dan irritatie opwekte.

'Juist niet', zei ik. 'Mijn dienst is een placebo. Het probleem is de angst. Angst is een natte scheet. Je ruikt hem, je voelt hem, je hoort hem, maar je krijgt er geen vat op. Vooral als de paniek losbreekt.'

'Hoezo?' vroeg Jani.

Hij stond naast Susan en had zijn hand achter haar langs op de bar gelegd. Telkens wanneer hij zijn arm verschoof, leunde ze er even tegenaan. Ze deden het aardig, die twee. Ze wilden niet te koop lopen met hun interesse voor elkaar, maar hun hormonen moesten ook tevredengesteld worden.

'Weleens iemand gezien die bij brand op de bordjes NOODUIT-GANG let?' vroeg ik. 'De meeste mensen vluchten liever via dezelfde route het gebouw uit als ze zijn binnengekomen. Dwars door het vuur als het zo uitkomt. Het kortetermijngeheugen neemt in noodgevallen de regie over.'

'Dan hebben alzheimerpatiënten de kleinste kans om uit een brandend gebouw te ontsnappen ...' merkte Beer op.

Susan duwde hem terug in zijn hok: 'Ja, of zuiplapjes met korsakov ...'

Oscar Glas spreidde zijn armen en bulderde ons met een quasi-verbaasd gezicht toe: 'Dus waar maken jullie je in dat gemeentehuis in godsnaam druk over?'

Iedereen barstte in lachen uit.

Mijn mobiel tjilpte er dwars doorheen. Ik wierp een blik op het schermpje. Het was Franca, mijn junior medewerkster. Ik nam op en liep naar de toiletten.

'Hebben jullie daar internet?' vroeg ze. 'Of een faxapparaat?'

'We zitten midden op de Veluwe', antwoordde ik. 'Probeer het met een postduif.'

Ze zweeg, in verwarring of verveeld. Waarschijnlijk verveeld. Maar ik ben haar baas, dus mijn grappen worden voor lief genomen. Ze is overtuigd vegetariër en een postduif wordt weliswaar niet opgevreten maar in haar visie wel uitgebuit. Ik mag haar trouwens graag.

'Op het secretariaat van de sic ...' ging ze verder, 'nou ja, ik bedoel meneer Bersten, kwamen vandaag nog een paar stukken binnen. Aanvullingen bij de adviesaanvraag waar jullie mee bezig zijn. Wat zal ik ermee doen?'

Wethouder Vetboer had waarschijnlijk van de juridische afdeling te horen gekregen dat er een paar gaten in zijn plannetjes zaten. Of hij had met opzet tot het laatste moment gewacht om de broodnodige info aan de gemeentesecretaris te leveren. Had Vetboer aan zijn wettelijke informatieplicht voldaan en kon hij zijn handen in onschuld wassen. Moest de sic er maar voor zorgen dat we ons nog even snel door de dossiers vraten.

'Mevrouw Marskramer was onbereikbaar', zei Franca. 'Vandaar … hij zei dat jij de volgende op het lijstje bent. Als secretaris van de OR.'

Ik keek door een kier van de deur naar ons gezelschap. Beer had zijn linkerhand op Susans schouder gelegd en begon aan een sterk verhaal. De wijsvinger van zijn rechterhand was in een degengevecht met een denkbeeldige tegenstander gewikkeld. Oscar Glas tekende iets op een biervitje en Jani Koss gaf knikkend te kennen dat hij het begreep. Af en toe dwaalden zijn ogen naar Beers hand op Susans schouder. Ik dacht aan Angela, die me deze OR had binnengeloodst in een periode waarin ik geen cent op mijn toekomst durfde te zetten.

Het tafereel verstarde. Susan kreeg een barbiepopgezicht waarin haar ironische oogopslag tot stilstand kwam. Jani's kaalgeschoren schedel met die floers van stoppeltjeshaar veranderde in een vlekkerige matglazen bol. De pen in Oscars hand bleef hangen boven het biervitje. Beers halfopen mond bevroor, alsof hij het laatste woord maar niet kon uitbrengen. Tegelijkertijd praatten en dronken en lachten ze door. Ik hoorde het getik van de glazen, hun nerveuze geschater, de muziek. Het was alsof er een film in mijn hoofd werd afgedraaid waarvan het beeld vastliep en het geluid doorging. Het overkomt me soms. Het is een hersenkwabje dat het gewoon even voor gezien houdt. Een storing die ik heb opgelopen bij een rottige duik op het Engelse plat in de Noordzee. Het was mijn laatste duik in overheidsdienst en uiteindelijk ook de reden dat ik in de jungle van Helzijl terechtkwam. Ik verloor toen meer dan een carrière bij de marine.

Ik slikte de misselijkheid weg die er altijd meteen achteraan komt. Met gesloten ogen wachtte ik tot Franca's stem de beelden van mijn duikmaatje Frizo verdreef, en van die hele verdomde nacht toen hij in de diepte verdween.

'Ben je daar nog?'

'Zet het hele spul maar op de e-mail van deze boshut', antwoordde ik. 'Ik zorg wel voor verspreiding.'

Het verschil tussen hoog- en laagwater varieert aan de Nederlandse kusten van één tot twee meter. In Helzijl bedraagt het verschil onder normale omstandigheden anderhalve meter. En op deze novemberdag waren de omstandigheden tamelijk normaal. Maar met windkracht vier en een naderend regenfront vanuit het noordwesten was het geen weer om na het avondeten nog een wandeling langs de zee te maken en al helemaal niet langs de onverlichte Bomdijk, zo'n drie kilometer ten zuiden van Helzijl.

Dat realiseerde Angela Marskramer zich heel goed. Ze had er zomers weleens aan gedacht hoe het zou zijn, wanneer ze zich liet wegdrijven, met de ogen dicht en maar zien waar ze uitkwam. Nu moest ze zo hoog mogelijk zitten om nog adem te kunnen halen.

Was er geen wandelaar, jutter of zeiler die haar zag? Ze tuurde achterom in het duister, gleed weg en viel in het water, dat weer een paar centimeter was gestegen. De vloed kwam nu snel opzetten. Hoelang lag ze hier al? Een half uur, een uur? Ze voelde zich suffig worden. En moe ... kou putte uit, Roman had het haar vaak verteld. Rommie, wilde ze roepen, Rommie ... Maar ze kwam niet verder dan een schor gefluister omdat een andere angst haar bekroop: ook al zou er iemand langskomen ... Voordat de brandweer of de politie was gearriveerd met apparatuur om haar los te snijden, zou ze al onder water verdwenen zijn! Ze gilde luid om hulp, een kreet die overging in een onbeheerst huilen.

Ze duwde zich omhoog. Haar lichaam deinde hevig mee met de branding, een golf overspoelde haar gezicht. Haar hoofd bonkte tegen een basaltblok, ze kreeg een slok water binnen en verslikte zich. Ze hoestte en duwde haar bovenlichaam opnieuw zo ver mogelijk omhoog. Een tweede golf spatte tegen haar kin, tegen haar neus, ze verloor haar evenwicht en verdween onder water. In een reflex sloeg ze om zich heen, ze kwam weer boven en haalde diep adem.

Spartelend slaagde ze erin om haar neus boven water te houden. Maar al snel voelde ze hoe een verlammende vermoeidheid zich in haar armen nestelde.

Een paar minuten na Franca's telefoontje scande ik in de businessroom de stukken die de sic ons achternastuurde. Ze kwamen allemaal van Vetboer, die het een jaar geleden in zijn hoofd had gehaald om het oudste stukje Helzijl aan te pakken: het Visserskwartier, twee achterafsteegjes met uitgeleefde vissershuisjes, waarin sinds een jaar of twintig dames van allerlei kleurtjes en allerlei leeftijden aan dito mannen erotische diensten aanboden. Een *special survey zone* voor de politie, maar meestal leek het alsof er een stille omgang werd gehouden. Hoerenlopers blijken bij voorkeur in alle zwijgzaamheid een dame uit te zoeken. Ik raakte ooit in die testosteronprocessies verzeild. De schuifelende voetstappen en het bedaarde gemompel deden me sterk aan een zondagsviering denken.

Vetboer had via een gemeentelijke stichting die bouwvalletjes opgekocht. Het was zijn droom om er een appartementencomplex met een faciliteitencentrum neer te zetten. In die appartementen had hij werknemers uit de offshore gepland, die zich nu in bungalowparken in de polder moesten zien te vermaken. En in het faciliteitencentrum daaronder zouden de bijbehorende offshorebedrijven een kantoorruimte vinden. Maar ook zou hij onze zieltogende schouwburg daar een nieuw onderkomen geven. De gemeentelijke muziekschool kreeg de toekomstige exploitant er als bonus bij.

Vetboer was begonnen als purser op de grote vaart en daar legde hij de financiële basis van zijn carrière, want wie ooit een eerlijke purser heeft ontmoet, lijdt aan ernstige wanen. Daarna begon hij een eigen café in het Visserskwartier en verveelde zich te pletter bij die kletsverhalen aan de toog, maar hij hield wel zijn oren open wanneer hij iets opving over onroerend goed dat te koop kwam. Hij haalde dezelfde truc uit als nu: hij kocht voor een habbekrats oude pandjes op, sloopte ze en zette er goedkope keetjes voor in de plaats. Die verkocht hij weer met superwinst. Nu doet hij hetzelfde als wethouder in plaats van speculant. En hij gebruikt gemeenschapsgeld in plaats van zijn eigen spaarcenten.

Vetboer ging in de politiek omdat je als cafébaas nergens anders carrière kunt maken. Vanuit die publieke functie bouwde hij in Helzijl een ijzersterk netwerk op. En daar maakte hij driftig gebruik van, toen hij het plan opvatte om ons stadje van de ondergang te redden.

Helzijl kon Vetboers grote plannen natuurlijk niet zelf betalen. Hij klopte bij een stel bouwondernemers en exploitanten aan. Die bouwjongens roken hun kans en verenigden zich bliksemsnel in de zogeheten Samenwerkende Bouwbedrijven, ofwel de Sambogroep. Ze schoven Justin Plaat naar voren als hun contactpersoon met de gemeente. Een logische keuze, want Plaat kende de weg: hij werkte in de jaren negentig als ambtenaar bij Economische Zaken. Daar deed hij de nodige kennis op over wie hij wel en niet kon vertrouwen. Je kunt het ook anders zeggen: toen kreeg hij in de gaten wie er smeergeld aannam en wie niet. Samen met deze Justin Plaat ging Vetboer nu de stad op de schop nemen.

Toen de bouwkoorts eenmaal had toegeslagen, lieten de heren hun oog op het haventje van Helzijl vallen. Daar meerden tot nu toe plezierjachten aan. Als er een kustvaardertje binnenliep, stroomde de cafetaria op de kade al leeg. Met dat gefröbel, zoals Vetboer het noemde, werd korte metten gemaakt. Seaport Helzijl moest daar worden aangelegd. Dé uitvalsbasis voor de offshore-industrie op de Noordzee. Bevoorrading, reparatie, transfers, alles wat met gas en olie te maken had, zou in de toekomst via Helzijl lopen. En als klap op de vuurpijl was Vetboer met Defensie al verkennende besprekingen aan het voeren over de bouw van twee helikopterplatforms op het naburige marinevliegkamp. Airport Helzijl was ook al in de maak op de tekentafels. In de jungle noemden de gelukzoekers Vetboer een visionair, maar wie een zijspoor of erger vreesde, roemde de kleinschaligheid die van oudsher de kwaliteit van Helzijl was geweest.

In de pers zette Vetboer zwaar in. Met dit masterplan, dat hij simpelweg 'Helzijl Hogerop' doopte – de afkorting HH gemoedelijk trotserend – zou hij in één klap een hele zwerm vliegen slaan. Eerst moest het Visserskwartier tegen de vlakte. De afgelopen maanden had hij vooral de criminaliteit benadrukt om de fatsoenlijke burgers van Helzijl aan zijn kant te krijgen. Vrouwenhandel en gedwongen prostitutie zouden uit de stad verbannen worden, beloofde hij, met in het kielzog de bijbehorende overlast. Dus geen spuitende mafkezen meer in de pasgeboende portiekjes, geen pooiermacho's met hun foutgeparkeerde BMW's, geen nachtelijke herrie over de prijs van een nummertje en geen mishandeling meer van dames die het lef hadden de verdiende poen in hun eigen portemonnee te steken. De economische voordelen voor Helzijl zou Vetboer ongetwijfeld in stelling brengen wanneer het erom ging spannen. Tijdens de gemeenteraadsverkiezingen volgend jaar.

Tot zover dus niks nieuws: over de hele wereld worden slooppandjes door grijpgrage aannemers opgekocht en tot yuppenparadijsjes verbouwd. Het probleem was dat Vetboer ons schouwburgje plus het muziekschooltje aan de eerste de beste horecabaas wilde overdoen. En ook onze havendienst zou voor een vriendenprijsje in de aanbieding gaan in de private sector. Marktwerking was het codewoord en het personeel deed Vetboer er gratis bij.

Dat laatste zei onze wethouder natuurlijk niet en dat stond ook nergens zwart-op-wit. In de zojuist binnengekomen nota zegde hij zelfs toe de overstaproute van het personeel te 'plaveien met waarborgen', maar al onze alarmlichten sprongen al op rood bij het woord 'overstaproute'.

Op dat punt aangekomen werd Vetboer door de wet gedwongen om aan de ondernemingsraad van de jungle advies te vragen. Tot nu toe hadden we vanaf de zijlijn het corso van al die projecten mogen bewonderen, maar nu de wagen met ons eigen personeel in zicht kwam, waren we gerechtigd om op de rijbaan te springen en de stoet een ferm halt toe te roepen.

Omdat Vetboer vrij laat met zijn adviesaanvraag op de proppen was gekomen, hadden we het ons kunnen permitteren om in De Viersprong te legeren om ons te buigen over het machtige masterplan Helzijl Hogerop, zodat we in alle rust onder leiding van Oscar

Glas konden beredeneren of – en zo ja hoe – wij brave gemeente-ambtenaren ons aan Vetboers natte dromen zouden uitleveren.

Of niet, natuurlijk.

Een verdrinkingsdood kan genadig zijn. Met een beetje geluk krijgt het slachtoffer een stembandspasme doordat de spieren van het strottehoofd zich samentrekken bij het eerste contact met water. Er treedt snel een zuurstoftekort op, waardoor de drenkeling buiten bewustzijn raakt. En als het strotklepje de luchtweg afgesloten houdt, stikt het slachtoffer zonder dat hij of zij daar iets van merkt. Helaas was het Angela niet gegeven om aan deze zogeheten droge verdrinking te sterven.

In de branding werd ze als een boksbal heen en weer geslingerd. Ze probeerde mee te gaan met het ritme van de golven en in te ademen zodra zich een kans voordeed. Die momenten werden steeds schaarser en duurden steeds korter.

Ze bleef doorvechten totdat ze helemaal ondergedompeld raakte. Ze kreeg grote slokken water binnen, wat nu wél een stembandspasme veroorzaakte maar te kort om buiten bewustzijn te raken. Haar pech was dat ze door dat gespartel een flink zuurstoftekort had opgelopen. Het kooldioxidegehalte in haar bloed was daardoor zo hoog opgelopen dat het spasme al na een halve minuut werd opgeheven en ze de aanvechting om te ademen niet meer kon bedwingen. Het zoute water drong door in haar longen, waar het onmiddellijk aan zijn verwoestende werk in de longblaasjes begon. Op dat moment dacht ze niet meer na en sloeg ze instinctief om zich heen, op zoek naar houvast. Tevergeefs.

Wel kwam ze door een gril van de branding nog eenmaal met haar hoofd helemaal boven water. Ze haalde gierend adem, hoestte water uit haar longen en dacht even dat de vloed het hoogste peil had bereikt. De volgende golf maakte een einde aan die hoop.

Binnen een paar minuten volgden haar stuiptrekkingen.

II

Het lichaam van Angela Marskramer werd de volgende ochtend om 10.53:13 uur onder aan de Bomdijk ontdekt. De precisie van dat tijdstip was te danken aan de hardloper die over de smalle zandstrook zijn kilometers maakte. Vanwege de regen had hij nog geaarzeld om op pad te gaan, maar zijn trainingsschema schreef nu eenmaal voor dat hij deze vrije ochtend moest opofferen aan een duurloop van 25 kilometer. Toen hij Angela in het oog kreeg, had hij er 4 kilometer en 143 meter op zitten. Hij droeg een polscomputer, zo'n knol die bijhoudt hoeveel calorieën je per meter verbruikt, hoe hoog je hartslag is en waar je je precies bevindt. En er zat natuurlijk ook een chronometer op.

Haar blonde haar was wijd uitgewaaierd. Zich nauwelijks realiserend wat hij zag, kwam de hardloper langzaam tot stilstand. In een reflex drukte hij op de stopknop, een automatisme dat hij had overgehouden aan het uitlopen na de finishlijn. Hij bleef voorovergebogen staan, met de handen op de knieën, dit keer niet van de uitputting, maar omdat tot hem doordrong dat hij op een uiterst reëel lijk was gestuit. Daarna liep hij langzaam op haar af.

De vrouw was dood, daar was geen twijfel aan. Ze lag op haar zij, dwars op een vloedlijn van vuilwit schuim, starend naar een punt ver voorbij de loodgrijze horizon. Kleine golfjes klotsten tegen haar rechterhand en speelden met de zoom van haar rok. Haar hoofd rustte op een kussen van slierten zeewier en schelpjes.

De hardloper deed zijn thermohandschoenen uit en legde de rug van zijn hand tegen haar wang. Ze voelde even koud aan als het zeewater, waarin hij zijn hand daarna meteen afspoelde. Hij bekeek het lichaam en merkte op dat de vrouw geen schoenen droeg.

Hij stond op en zocht het strandje af naar andere stervelingen. Afgezien van de zeemeeuwen was hij de enige. Daarop alarmeerde hij de politie met zijn mobiel. Hij kreeg de opdracht te checken of het slachtoffer echt dood was en op een politie-eenheid te wachten. Met tegenzin tikte hij een paar maal tegen Angela's wangen, huiverend in de regen, die steeds heviger op de basaltblokken kletterde.

Toen de eerste surveillancewagen dertien minuten daarna arriveerde, lag Angela helemaal op het droge. De agenten merkten de schaafwonden bij haar enkels op, zetten de plek af en gaven door dat er sprake was van een niet-natuurlijke doodsoorzaak.

Terwijl ze de komst van versterking afwachtten, verkenden ze de omgeving. Ze gaven het nummer van de camper door en ze kregen de naam van Angela Marskramer terug als zijnde de eigenaresse. Toen ze door de zijruit naar binnen tuurden, zagen ze op de voorbank twee lege medicijnstrips liggen, naast een handgeschreven brief. Ze ontcijferden haar naam maar lieten het onderzoek daarnaar over aan twee rechercheurs, die een kwartier later arriveerden.

Het was een meevaller dat de wagen niet was afgesloten. De rechercheurs deden hun handschoentjes aan en stapten naar binnen, waarna ze er snel uit waren.

De minuscule lettertjes op de achterkant van de strips lieten weten dat het om de verpakking van slaappillen ging. De tekst op de brief gaf hun weinig te raden over de bedoeling: het waren afscheidswoorden zoals ze die wel vaker hadden gelezen. Angela's handtas stond op de passagiersstoel. Daaruit haalden ze haar rijbewijs en paspoort en een paar cards met een foto. Bij elkaar meer dan voldoende materiaal om de eerste identificatie van het lijk een hoge waarschijnlijkheidsgraad te geven. Dat Angela de auto niet had afgesloten, beschouwden ze als een extra handreiking om tot een snelle conclusie te komen: zelfmoord.

Geen reden om een rechercheteam bijeen te roepen, besloten ze.

Aan de ontbijttafel zaten alleen Susan en Jani. Ze roken naar dezelfde douchegel – en beslist niet die zuurstoksmurrie uit de tubetjes van resort De Viersprong. Verder deden ze hun best om de voorstelling vol te houden dat ze elkaar in de eetzaal bij toeval waren tegengekomen.

Beer kwam pas om kwart over negen naar binnen geslenterd. Hij had zich niet gedoucht en rook naar de minibar op zijn kamer. Om half tien verzamelden we ons in de conferenceroom, twee samengevoegde zolders boven een voormalige paardenschuur. De balken begonnen meteen te werken zodra de centrale verwarming was aangezet.

Oscar constateerde dat Angela Marskramer niet aanwezig was. Net als ik had hij al op haar kamerdeur geklopt, bij de receptiebalie geïnformeerd of ze daar een boodschap had gedeponeerd en een salvo voicemails op haar mobiel en thuistelefoon achtergelaten.

Beers mondhoeken trokken steil naar beneden toen tot hem doordrong dat hij haar moest vervangen als voorzitter.

'Heeft iemand iets van haar gehoord?' vroeg hij, over zijn voorhoofd wrijvend.

Een voor een schudden we ons hoofd. Oscar Glas liet niets merken van enige irritatie en stelde voor te beginnen.

Jani en Susan knikten voor akkoord. Ze waren maar eens tegenover elkaar gaan zitten. Oscar Glas gaf een korte schets van het masterplan Helzijl Hogerop, maar onderbrak zijn eigen betoog al halverwege. Hij wees met weerzin naar de stapel papieren die de sic ons achterna had gestuurd.

'Jullie gaan toch niet beweren dat jullie die stukken gelézen hebben?'

Susan en Jani knikten braafjes en zonden elkaar een korte blik toe. Ik zag dat ze elk de helft van het pak kopieën voor zich hadden liggen. Waarschijnlijk hadden ze het zooitje eerlijk verdeeld, elk een deel doorgelezen en elkaar tussen de vrijpartijen door even bijgepraat waarover het ging. Beer Slykers reageerde niet. Hij had de stukken niet eens aangeraakt, schatte ik, gezien de maagdelijke staat waarin ze voor hem lagen. Zelf had ik het pak doorgeworsteld tot de laatste zin.

'Sorry, ik had niks beters te doen', zei ik.

Beroerd genoeg was dat nog waar ook. Ik had de avond ervoor een uurtje over landweggetjes op de Veluwe gedoold. Helemaal ontnuchterd was ik teruggekeerd naar De Viersprong. Daarna was ik de fitness in gegaan, waar ik de apparaten net zo hard martelde als mezelf. Mijn conditie bleek beter dan ik had verwacht. Veel beter zelfs, want ik kreeg het niet voor elkaar om mezelf zo af te matten dat ik de slaap vatte.

In een laatste poging was ik begonnen de eerste bladzijden van Vetboers nageboorte door te worstelen. Dat was een doodzonde tegen het eerste gebod van de Methode van Glas: Niks Lezen Wanneer Het Doel Niet Duidelijk Is. Pas tegen half vijf was ik onder zeil gegaan.

'Er komt een aparte dienst HH voor de realisering van het gelijknamige masterplan', verkondigde ik. 'Een projectbureau. De medewerkers daarvoor worden gerekruteerd uit de diensten Economische Zaken, Stadsontwikkeling en Voorlichting, aangevuld met deskundigen van buitenaf …'

Oscar reageerde er niet op en keek van Beer naar Susan en naar Jani, die neutraal naar hun pakketje papieren staarden. Ik probeerde nog wat sarcasme in mijn stem te leggen, maar Oscar had er niet meer dan een diepe zucht voor over.

'*Don't jump to solutions*', zei hij. 'Laat al die mooie oplossingen maar mooi met rust zolang je het bijbehorende probleem nog niet hebt ontdekt. Waarom moet dat? Omdat je je aandacht dan op het resultaat in plaats van de oorzaak richt. En voor je het weet, ben je bezig te bedenken waaraan die oplossingen voor die volslagen onbekende problemen moeten voldoen.'

Oscar tikte met zijn pen op het tafelblad.

'Je mag minimaal van een oplossing verwachten dat het probleem verdwijnt. Maar daarvoor moet je haarfijn weten: Wat Is Het Probleem? Ik geef meteen toe: het is ontzettend verleidelijk om die stapel papieren in te duiken en die voorstellen van Vetboer in ons voordeel om te buigen. Kun je meteen eisen stellen en successen boeken, want daar scoren we lekker mee bij de collega's ...' Hij schoof het dossier resoluut opzij. 'Zolang we maar braaf doen alsof ons helemaal duidelijk is wat de onderliggende problemen zijn, kunnen wij de expert uithangen. We willen een verstandige gesprekspartner zijn en we willen vooral niet dom overkomen, toch? Want we willen er graag bij horen.'

'Maar van die grootschalige projecten weten we toch niks', zei Susan.

'Hoeft ook niet', zei Oscar resoluut. 'Expertise mag je inhuren.'

Hij hield zijn beduimelde exemplaar van de Wet op de Ondernemingsraden omhoog.

'Daar heb je recht op. Kosten betaalt de bestuurder. Maar als Vetboer niet in gewone taal aan jullie kan uitleggen waarom Helzijl en het ambtenarenapparaat ondersteboven moeten worden gegooid ... hoe moet hij het dan aan zijn kiezers vertellen?'

Het was even stil. Oscar maakte er handig gebruik van: 'Dus stoten we door naar de hamvraag: voor welk probleem bieden de plannen van Vetboer en zijn kornuiten een oplossing?'

Hij begon ons een voor een strak aan te kijken maar Susan stak haar pen al omhoog.

'Nou, het werd toch wel tijd dat er iets aan het Visserskwartier werd gedaan', zei ze en ze begon op haar vingers af te tellen. 'Als vrouw kun je daar niet veilig over straat. Overal staan van die louche figuren die vunzige taal naar je sissen. Walgelijk. Dan hebben we de raamexploitanten, die helemaal niks aan het onderhoud van die pandjes doen ...' Ze ratelde door alsof ze een spreekbeurt hield. 'Maar het gaat vooral om die vrouwen die daar de hele dag bijna naakt achter de ramen tegen mekaar staan te concurreren. Dat is echt niet meer van deze tijd. Als ze het al vrijwillig doen ...' Ze wachtte onze bevestigende knikjes niet af. 'Als je omhoogzit met seks, dan ga je maar naar een datingsite, hoor. Kun je alles halen

28

wat je maar wilt. Van kinky tot recht op en neer. Ja?'

Beer keek even op, zoekend naar een blik van verstandhouding. Ik knipte een paar maal met de door Oscar verstrekte ballpoint. Jani bladerde door de stapel papieren voor zich.

'Geldt trouwens ook voor vrouwen', zei Susan strijdvaardig. 'Op internet ligt het veel gelijkwaardiger. Maar goed, gaan we door: die pokkeherrie in de wijk. Tot diep in de nacht racen de droogneukers door die nauwe straatjes op en neer.'

Beer Slykers hikte er een lachje uit.

'Ik woon in de Boetstraat, vlak om de hoek daar', zei ze streng. 'Het is een hel. Nou, van mij mag die krottenboel dus worden opgeruimd. Dan kan er iets fatsoenlijks voor in de plaats komen.'

'Zit jij in het wijkcomité?' vroeg Beer. 'Of werk je soms voor de Sambogroep?'

'Het roer moet om', beweerde ze. 'Met pappen en nathouden kom je er niet meer. Er moet drastisch worden ingegrepen.'

Als woordvoerder voor de Sambogroep zou ze het inderdaad niet slecht doen. Ze beheerste de taal van Vetboer en Plaat behoorlijk. Oscar Glas manoeuvreerde haar iets subtieler terug naar haar eigen taak.

'Is dat de visie bij jullie op Stadsontwikkeling?' vroeg hij.

'Mwah …' zei Susan. 'Dat er íéts moet gebeuren is duidelijk, maar hoe en wat, dat is nog een beetje the question …'

'Dat hou je altijd', antwoordde Oscar vaag en hij stond op. 'Maar we zitten hier niet voor de mooie toekomst van Helzijl, niet voor de Visserswijk, óók niet voor Vetboer en al helemaal niet voor de Sambogroep.'

Hij liep naar een flap-over in de hoek en richtte zich tot Susan.

'Wij zitten hier … om de belangen van jou en jouw collega's veilig te stellen', zei hij.

Oscar griste een viltstift uit het bakje en al schrijvend zei hij: 'Ik heb een flauwe grap uitgehaald, Susan.'

Hij keek veelbetekenend achterom naar Beer, maar onze invalvoorzitter had even zijn handen vol aan het verjagen van zijn kater.

'Het is natuurlijk altijd goed om te weten waaróm een overheid plannen maakt', begon hij en hij zette een paar strepen onder de woorden POLITIEK PRIMAAT op de flap-over. 'Artikel 46d van de Wet op de Ondernemingsraden.'

Beer had zijn handen onder zijn kin gevouwen. Susan en Jani luisterden toe als twee brave schoolkinderen die de clou bij het grapje van de meester afwachtten.

'46d is een addertje', ging Oscar verder. 'Dat zegt namelijk: als de politiek zus of zo besluit, dan zijn jullie als ambtenaren verplicht om precies zus dan wel zo te doen. Jullie zijn nu eenmaal de harlekijnen van de politici. Dat is het grote verschil met de profitsector. Als de OR dáár het onderliggende probleem niet inziet, gaat de adviesaanvraag van de baas meteen retour afzender. Of de prullenbak in.'

'Dus …?' vroeg Jani.

'Gaan we meteen naar stap twéé van de Methode', zei Beer. 'Kunnen we na de lunch naar huis, als alles meezit.'

Hij zou meer dan gelijk krijgen. We zouden rond het middaguur zelfs al thuis zijn. Maar eerst ging Oscar uitleggen dat we er niet voor jan lul bij hoefden te zitten.

'Dat jullie als brave ambtenaren gehoorzamen, is één', besloot hij, 'Maar hóé! Dat is twéé. Daar ligt een kans om het zaakje naar ons toe te trekken. Daarom gaan we eerst eens dat projectbureau van Vetboer onder de microscoop leggen. Want daar worden jullie of jullie collega's naartoe gedetacheerd. En dat heeft personele gevolgen. Voor alle diensten. Dus de vraag is: wat is de aanleiding om zo'n speciale dienst in het leven te roepen?'

'Het is gewoon makkelijk', zei Beer.

'Voor wie?' vroeg Oscar.

'Voor iedereen', zei Jani. 'Zo'n enorm project moet je compact aansturen … toch?'

Susan gaf hem na een paar seconden nadenken steun.

'Daar kun je niet het hele gemeentehuis mee lastigvallen', zei ze. 'Dan gaat iedereen zich ermee bemoeien.'

'Het is vooral makkelijk voor Vetboer en Plaat', zei Oscar. 'Dan kunnen ze hun eigen mensen daar een baantje geven …'

'Maar alles bij elkaar werkt dat toch efficiënter dan met dat zootje ongeregeld in de jungle', gaf Beer te kennen.

'Denk er wel aan dat zo'n projectbureau een staat binnen een staat wordt', waarschuwde Oscar. 'Zien jullie misschien andere constructies om het masterplan HH uit te voeren?'

Niemand gaf antwoord. Om het masterplan in een andere richting te duwen was er iemand nodig die in staat was de kaart van de jungle te lezen, die wist waar de doorlopende wegen liepen en waar de gevaarlijke terreinen lagen. Maar ook iemand die schijt had aan de loopgravengevechtjes om de macht en doorstootte als de rest van de manschappen in hun etensblik naar de lekkere hapjes zocht. Kortom, onze afwezige mevrouw de voorzitter.

'Ik wil toch wel weten hoe Angela hierover denkt', zei ik. 'Waar blijft ze trouwens?'

'Geen idee', zei Beer. 'Misschien is de hel losgebroken in de jungle. Maar hoe dan ook heeft ze iets uit te leggen.'

'Angela is niet het type dat het er zomaar bij laat zitten', zei Susan.

Beer hief zijn handen in onwetendheid en wachtte op een knikje van Oscar voordat hij verderging.

'Dat projectbureau komt er', zei hij met een gezicht van een door de wol geverfde analyticus. 'Geheid zeker. Dus laten we maar kijken hoe we daar het beste mee wegkomen.'

Oscar was het er duidelijk niet mee eens, maar hij geloofde ook niet dat hij ons op andere gedachten kon brengen. Daarom klapte hij opgewekt in zijn handen.

'Tijd voor de *bullet points* dan maar!'

Vervolgens liet hij ons een paar salvo's afvuren op de superdienst Helzijl Hogerop, die het masterplan zou uitvoeren. Tegen half elf had Oscar vier vellen van de flap-over met probleempunten volgekalkt. Bovenaan stond INSPRAAK EN INFORMATIE. De overstap van de muziekleraren, de verkoop van het schouwburgpersoneel en de nieuwe havendienst had hij even op een apart vel weggeparkeerd – maar wel omringd met vraagtekens.

'Nou, laten we eens klein beginnen', zei Oscar Glas. 'Stapje voor stapje. In dat projectbureau HH gaan communicatieadviseurs van de gemeente zitten om de plaatselijke bevolking te informeren. Wat kun je daarbij bedenken?'

'Dat Vetboer de inspraak voor de wijkbewoners in hun vakantietijd gaat plannen', zei Beer. 'Dan komt er niemand opdagen. Zit gansch het volk op de camping bier te hijsen.'

'Denk ietsjes breder', zei Oscar en hij keek Jani aan. 'Geef jij eens gas.'

Jani leek meer op een motor die nog moest starten. Hij keek hoopvol naar Susan, die onbewogen terugkeek. Angela zou op dat moment de kans hebben aangegrepen om voor een uitgekiend pr-plan te pleiten waarmee de bewoners middels talloze enquêtes en een carrousel aan inspraakrondes naar de uitvoering van het masterplan werden gemasseerd. En daarna dóór naar het volgende onderwerp graag, want er was meer te doen.

'Eh ... laatst zijn we de bewoners in het Visserskwartier gaan informeren over een paar uitschuifbare Amsterdammertjes', begon Jani. 'Om de verkeersoverlast op de Havenweg te verminderen. Het heeft de politie twee uur gekost om de beleidsmedewerkers in het wijkgebouw te ontzetten ...'

Daarna keek hij naar mij. Ik begreep dat hij zijn zin niet afmaakte omdat hij als welopgevoede ambtenaar alleen territoriumconflicten aanging als er echt iets op het spel stond. Interne Veiligheid is mijn zaak, dus ik vulde hem maar aan: 'Het zou wel fijn zijn als onze kameraden ongedeerd van het front terugkeerden. Dit keer komen we namelijk met de boodschap dat de halve wijk tegen de vlakte gaat.'

Oscar Glas noteerde op de flap-over: GARANTIES VEILIGHEID WOORDVOERDERS.

'Anders nog?' vroeg hij.

Jani was nu helemaal bij de les.

'Er komt misschien een informatiecentrum in de buurt', zei hij en hij wees beschuldigend naar de stapel voor hem, met weer een blik op mij.

'Ook voor de bemanning daarvan moet een risico-inventarisatie komen', vulde ik braaf aan.

Oscar noteerde het erbij.

'Met een noodlijn naar de politie!' riep Jani.

Oscar tikte een paar maal op het woord 'risico-inventarisatie'.

'Te kort door de bocht', zei hij. 'Eerst afwachten wat dit onderzoekje hier oplevert.'

'En hoe zit het met de technische ondersteuning', zei Beer plotseling. 'Die jongens in dat infocentrum moeten weten hoe ze een filmprojector draaiende houden.'

Oscar stak zijn duim omhoog, hoewel ik hem ervan verdacht dat ook hij Angela miste, die met dat gebedel om de kruimels zeker weten korte metten had gemaakt.

'Welkom in de eenentwintigste eeuw', zei Susan. 'Tegenwoordig doen we dat met 3D-hologrammen en interactieve maquettes.'

'Prima, nog meer wensen?' vroeg Oscar.

'Kopieerapparaten, computers en gratis mobiele telefoons', besloot Jani.

Meer wensen had hij kennelijk niet om zijn ideale werkplek samen te stellen.

'Oké, dit was veiligheid en logistieke middelen', stelde Oscar vast en hij greep een nieuw vel.

Op dat moment begonnen onze mobieltjes te trillen. Die van mij lag naast me, in een plastic zak op de laminaatvloer. Die van Beer hing in een houdertje aan zijn riem. Jani's hand schoot in een reflex naar zijn broekzak maar hij beheerste zich. Susan keek even naar haar mobiel, die open en bloot op haar papieren lag. Ze haalde geïrriteerd de schouders op en drukte de oproep weg.

Er lag een keiharde afspraak dat er tijdens de cursus geen gesprekken werden aangenomen. Maar iedereen had het ding veiligheidshalve op de trilfunctie gezet. Daardoor merkte iedereen ook op dat de sms'jes gelijktijdig binnenkwamen. Oscar wierp een blik op zijn horloge toen hij zag dat onze aandacht wegdreef.

'Bakkie koffie? Om wakker te worden …'

Famous last words voordat het noodlottige nieuws ons knockout sloeg. Terwijl Oscar naar de koffiecontainer op de gang liep, grepen wij naar onze telefoontjes en zagen we de oproep om zo snel mogelijk naar de jungle te bellen.

Ik kreeg Franca meteen aan de lijn. Van dat afstandelijke kantoortoontje waarmee ze zich normaal aan de telefoon meldt, was helemaal niets over. Haar stem sloeg over toen ze me liet weten dat ze in de kamer van de sic zat.

'Ray', bracht ze uit. 'Angela Marskramer is dood. Ze heeft zich ... verdronken.'

De verbijstering op de gezichten van Beer, Susan en Jani maakte duidelijk dat ze op datzelfde moment dezelfde boodschap kregen. Susan legde snel neer en liep naar Jani, die zijn mobieltje van zich wegschoof alsof het ding besmet was. Beer verschoot net zoals wij van kleur maar hij bleef lang aan de lijn en hij luisterde al die tijd. Daarna liet hij zich voorover op de tafel vallen en kreunde iets onverstaanbaars.

Jani begon te herhalen dat hij zich meteen op zijn post moest melden en dat hij zijn mond moest houden totdat de sic met een intern memo uitkwam. Hij gaf alleen gehoor aan de eerste opdracht. Wat hij uitkraamde, ontging me en waarschijnlijk elk van ons. Susan liet al haar reserves varen en sloeg haar armen om zijn nek.

Ik vond mezelf terug in de hoek van onze conferenceroom, bij een raam dat ik zelf moest hebben geopend. Ik rookte een sigaret die ik uit het doosje van Jani moest hebben gehaald. Het was de eerste sinds acht jaar.

Alleen Oscar had geen informant in de jungle. Met een handvol koekjes en koffie slurpend kwam hij binnen.

'Hé, problemen?' vroeg hij opgewekt.

Op weg naar Helzijl reden we een duistere lucht met regen en wind tegemoet, die snel op ons aanviel. Toen ik de ruitenwissers aanzette, ontdekte ik dat Jani, Susan en Beer vlak achter me bleven rijden, alsof we al een begrafenisstoet vormden. Ik kreeg het jeukerige gevoel dat ik er in één keer een hele familietak bij had gekregen. Toen we in de gebruikelijke file op de rondweg bij Helzijl vastliepen, belde ik Franca.

'Zijn er meer details bekend?' vroeg ik.

Ze had inderdaad informatie en nu ze was teruggekeerd op onze kamer, kon ze vrijuit praten.

'Ik was bij de sic toen Vetboer met een rechercheur binnenkwam', verklaarde ze. 'Die had hij helemaal van de Bomdijk laten komen.'

Met onze bovenbazin op ziekteverlof kon Vetboer dat maken, hij was plaatsvervangend burgemeester, dus ook plaatsvervangend korpsbeheerder.

'Ze hadden niet het benul om me weg te sturen', zei ze. 'Ze dachten dat ik jouw plaatsvervanger was.'

Ze had zich hernomen en aan de opwinding in haar stem was te horen dat ze het tamelijk cool vond om haar onwetende baas in te lichten. Daarna vertelde ze over de plek waar Angela was gevonden, dat ze zich die nacht had verdronken, en over haar man Roman, die naar het marinevliegkamp was overgevlogen en haar met honderd procent zekerheid had geïdentificeerd. Over twee lege strips slaappillen en een afscheidsbrief. En over de geruchtenstroom die door de jungle raasde en het dubieuze houvast moest bieden om te begrijpen waarom iemand er een eind aan maakte.

'Ik ben zo bij je', zei ik en ik verbrak de verbinding.

Bij het eerste bord met de afslag Helzijl gaf ik gas en scheurde over de vluchtstrook naar de afrit. Voor mijn gewaardeerde collega's was dat een stap te ver. Ik was er niet rouwig om. Dat familiegevoel begon me al helemaal te verstikken.

Op het gemeentehuis heerste een sfeer van opwinding en geschoktheid, een prima voedingsbodem voor fantasierijke fluisteringen. Ik zette mijn wagen in een verre hoek van de parkeergarage om een larmoyant afscheid met Susan en Jani, en vooral Beer te vermijden. Toen ik naar de uitgang liep, zag ik een beweging in een wagen op een van de gereserveerde plaatsen. Ik herkende de suv van Plaat. Hij zat achter het stuur en was in druk gesprek gewikkeld met

Vetboer en de sic. Plaat hing achterover op de bestuurdersstoel terwijl de andere twee dringend op hem leken in te praten. Af en toe schudde Plaat mismoedig zijn hoofd. Ze bogen statig naar me toen ze me in het oog kregen. Ik knikte even ernstig terug. Act voor vier rouwende heren.

Bij de lift zag ik een paar chefs en hun beleidsmedewerkers staan. Fanny Slykers was een van hen. Haar ogen schoten in mijn richting. Ze maakte zich los van het clubje en wenkte me. Ik wees verontschuldigend naar boven en spurtte de trap op.

Franca wachtte me op in mijn kamer. Ze barstte prompt in tranen uit en verraste me aangenaam door zich op me te storten. Het afgelopen halve jaar had ze niet de indruk gewekt dat ze op aanrakingen in het algemeen en die van mij in het bijzonder zat te wachten. Ik sloeg mijn arm om haar heen en drukte haar nog eens extra tegen mijn borst, wat ze beantwoordde door haar neus aan mijn revers af te vegen. Het zal wel opgekropte spanning geweest zijn, want zo heel dik was ze nu ook weer niet met Angela geweest. Troostend mompelde ik iets over machteloosheid die je slechts kunt ondergaan en over het achterblijven met lege handen – wat verre van nauwkeurig was want in mijn handen bevond zich nou net Franca's ranke lichaam, een dagdroom die me al een tijdje bezighield en nu werkelijkheid was geworden.

'Waarom zou ze zichzelf nou ...' snifte ze.

Ik staarde over haar hoofd heen naar buiten. Ik verwachtte dat de film weer zou gaan haperen maar dat gebeurde niet. Franca's gesnif plus wat haar aanhankelijke lichaam teweegbracht, gaven voldoende afleiding. Het wond me, eerlijk gezegd, behoorlijk op dat ze zo in overgave tegen me aan leunde. Haar over de rug strelend wachtte ik af of mijn misselijkheid nog zou opspelen. Ondertussen snoof ik haar geur op – babyzeep en kantoorzweet – en ik voelde opeens duidelijk de bh-bandjes onder haar truitje. Ik meende zelfs dat ze me in mijn hals kuste.

'Ik geloof het niet', zei ik hardop.

Ik ben een vijfsterrenkampioen in het verpesten van mijn kansen. Ze liet me los en deed een pas achteruit.

'Hoezo?' vroeg ze.

'Angela is er het type niet voor', zei ik.

Het was niet zo'n steekhoudend antwoord.

'Moet dat dan?' vroeg ze. 'Het type zijn voor zoiets?'

'Niet iedereen', gaf ik toe. 'Maar zíj wel.'

Franca zuchtte krachtig uit, wat kon betekenen dat ze óf me niet begreep óf vond dat ik onzin uitkraamde. Waarschijnlijk het laatste.

'Ik ga koffie halen', zei ze met zo'n het-gaat-wel-weerglimlachje.

Even later stak ik mijn tweede sigaret op in die acht jaar. Ik bood Franca er ook een aan.

'Nee, ik ben vegetariër, weet je nog?' zei ze.

Ze kon het maar net opbrengen om mijn vragende blik te beantwoorden.

'In de filters zit hemoglobine uit varkensbloed. Een kunstmatige long die er een paar schadelijke stofjes uit haalt. Maar je sterft toch aan de rest die je wel binnenkrijgt.'

Angela was dus dood. Als je de roddel moest geloven die zich 's middags als een giftige damp door het stadhuis verspreidde, was de mensheid van een bitch verlost die de rotklussen voor de baas opknapte en daar nog lol aan beleefde ook. Een ijzeren hein die de problemen van anderen bij voorkeur eerst weglachte en daarna pas oploste. En die ten slotte besefte dat ze er met uitgekooktheid of hardheid niet meer kwam.

Ik zag dat anders: met haar lachlust hield ze het chagrijn buiten de deur dat in de jungle altijd op de loer lag. En ze was niet te beroerd om zichtbaar en hoorbaar in te grijpen wanneer het gekanker haar de neus uit kwam. Desnoods paste ze de regels aan de praktijk aan. Voor mij bijvoorbeeld. Als het om overleven ging, had ze de beste papieren. Daarom kon ik dat zelfmoordverhaal nauwelijks geloven.

De sic had vijf regels geschreven waarmee hij via de interne post wilde meedelen dat een gewaardeerde medewerkster was heengegaan. Tegen zijn gewoonte in vroeg hij naar mijn mening.

'Kun jij hier eens naar kijken?' vroeg hij terwijl hij het papiertje op mijn tafel legde. 'Jij kon toch goed met haar opschieten?'

Hij wendde zijn gezicht naar het Koninginneplein, waar de regen op het wegdek kletterde. Hij had de zelfmoordconclusie van de politie overgenomen en het op een 'tragische daad' gegooid.

Ik las het doodsbericht door en als ik ook maar een millimeter mijn mondhoeken had vertrokken, zou hij de tekst meteen veranderen. Van alle dieren in de jungle was hij de angstigste. Ik liet het bij een goedkeurend knikje.

'Ik mis haar nu al', zei hij.

Hij wreef over zijn roodomrande ogen. Met Angela had hij niet alleen zijn rechterhand verloren, maar ook een vertrouwelinge die hem door heel wat lastige uurtjes had geloodst.

Het wordt vaker gedacht dan gezegd en dan nog op fluistertoon: wie in de ondernemingsraad gaat zitten, heeft de trein van zijn carrière gemist. Ik heb geen last van die spookverhalen. Ik zat er vanwege Angela. Ze had wel recht op een beetje loyaliteit nadat ze eerder haar nek had uitgestoken om mij een baan te bezorgen na Frizo's dood. Bovendien hebben mijn loopbanen zich nooit aan een spoorboekje gehouden. Ik schiet vooruit of ik krijg een vertraging van jewelste voor mijn kiezen en het maakt niks uit of ik het vuur uit de sloffen ren of dat ik op mijn kont blijf zitten. Sinds ik daar vrede mee heb, blijven me in ieder geval de gevechten op de apenrots bespaard.

Tegen vier uur hield ik het voor gezien en reed naar de Kop van Helle. Onderweg belde ik Oscar op en ik liet hem weten hoe de vlag erbij hing.

'Hoe is het gebeurd?' vroeg hij, nadat het een tijdje stil was geweest.

'Ze heeft er zelf een einde aan gemaakt', zei ik.

'Dus ze is gisteren hals over kop vertrokken om zich in de zee te verdrinken? Heb ik iets gemist?'

'Even veel als ik', antwoordde ik. 'Ze had een spoedoproep gekregen maar hoe en van wie en wat ... Heb jij wat aan haar gemerkt? Ze heeft je de laatste weken zo vaak gebeld ...'

'HH leverde veel stress op,' zei hij. 'En bij haar liepen professioneel en persoonlijk nogal door elkaar heen. Maar zelfmoord ... dat blijft altijd een mysterie ...'

Meer tekst had hij niet.

Maar veel heb je ook niet aan woorden, in zo'n geval.

De afzettingslinten langs de Bomdijk waren door de wind tot loze slierten geblazen. Op de parkeerplaats stond Angela's camper nog. Ik weerstond de aanvechting om naar binnen te kijken. Hier hadden we heel wat uurtjes doorgebracht waarin ze met volle inzet had laten weten hoezeer ze op me gesteld was. En dat werd wederzijds, want ik kon in het afgelopen jaar elk bewijs wel gebruiken dat ik ertoe deed of dat ik überhaupt bestond. Ondertussen maakte ze me wegwijs in de jungle zodat ik daar niet als een zot ronddwaalde.

Ik liep langs de vloedlijn, waar een paar recherchebordjes de plek markeerden waar de zee haar had teruggegeven. Een uitgeblust zonnetje vond een opening in een roerige wolkenhemel, maar de warmte kwam niet meer mee.

Het waaide stevig. Ik volgde een paar zeemeeuwen die in de stormige wervelingen moeiteloos hun weg vonden. Ze hadden haar man Roman van een marineschuit op de Noordzee geplukt en hem naar het vasteland gebracht, had Franca verteld. Ik kende de procedure bij sterfgevallen. Na Frizo's dood waren Roman en ik samen naar De Kamp teruggevlogen, ook in een heli.

Ik schopte een plastic fles de dijk op, naar de stukken touw, de roestige stukken kabel, de gescheurde autobanden en al het andere afval dat de zee bij afnemend tij teruggeeft. Het was een eenzaam strookje zand, daar aan de Kop van Helle, waar Angela zo vaak haar heil had gezocht en uiteindelijk de dood had gevonden. De strepen vetkrijt op de plek waar ze had gelegen, waren in het schuim van de branding nauwelijks meer te zien.

Ik rekende uit wanneer Angela hier was aangekomen. Ze vertrok tijdens de theepauze, iets over drieën. Dan was ze hier op z'n vroegst om half vijf geweest. Ik vroeg me af wat ze had gedaan.

Had ze eerst, net als ik nu, over die grauwblauwe zee getuurd? En wat was er daarna met haar gebeurd? Verderop lichtten een paar boorplatforms op, in een verloren baan zonlicht tussen de regensluiers.

Ik wandelde langs de onophoudelijk aanvallende en terugwijkende zee en stelde me voor hoe ze door de branding had gewaad, hoe ze haar evenwicht had verloren en hoe ze zich had laten meedrijven. Met twee strips slaappillen achter de kiezen en een afscheidsbriefje als souvenir. Een flonkering in de wegzuigende branding trok meteen mijn aandacht. Het is een reflex, verkregen door eindeloze duiktrainingen om op te merken wat net onder water is aangebracht. De zee schuurt en bijt alles weg wat glanst en anders zet zich het onderwaterleven er wel op vast, dus dit blinkende dingetje zat daar nog niet zo lang.

Ik ging op mijn hurken zitten, boog me voorover en tuurde naar de golven die op het basalt stuksloegen. Voor het eerst sinds Frizo's dood hing ik weer met mijn neus boven het zeewater, dat ik een jaar lang had gemeden omdat dat kolkende schuim en de stilte daaronder me onherroepelijk zouden meenemen naar onze laatste duik.

Ik haalde diep adem en concentreerde me op de plek waar ik die schittering had gezien. Ik sloot mijn ogen en puur omdat Angela hier in die duistere kou haar dood had gevonden en omdat ik hetzelfde wilde voelen als zij, al was het maar een paar tellen, wachtte ik tot het water daalde en schoot ik naar voren.

Het was een roestvrijstalen ring in een spleet tussen de basaltblokken. Ik perste twee vingers in het rondje en rukte eraan. De haak zat muurvast. De daaropvolgende golf doorweekte me. Toen die weer door de zee was teruggehaald, ging ik op mijn knieën zitten en trok nogmaals uit alle macht aan de ring. Ik boog me diep vooorover en bekeek het ding van dichtbij. Het was een klimhaak, zo'n geval van een paar euro waaraan ik me in mijn vroegere marineleven vaak had gezekerd. In de klimwand van de watertoren waar we onze opleiding kregen, zaten er nog een paar, even muurvast als hier. Gloednieuw, constateerde ik, het prijsje zat er nog omheen. Dankzij de lijmsoort waardoor de prijsstickertjes tegenwoordig alleen nog met een scheermesje en thinner zijn los te krabben, kon ik lezen wat erop stond.

Voordat de volgende golf in mijn gezicht sloeg en me tegen de dijk sleurde, had ik de naam van een winkel in sportartikelen gelezen. Ik bleef proestend op handen en knieën zitten. Achter me schreeuwde iemand mijn naam. Ik schudde mijn hoofd en stond op. Het zoute water beet in mijn ogen, de branding wierp me bijna omver en ik moet er tamelijk mallotig hebben uitgezien, zo blind om me heen graaiend naar houvast. Net zoals toen, in dat duistere zeewater waar ik er niet in slaagde om de wild wapperende vinnen van Frizo te pakken te krijgen. En hoe stijf ik mijn ogen ook dichtkneep, ik kon die vastberaden, wanhopige blik van mijn duikbuddy niet verdrijven, vlak voordat hij in de diepte wegzwom. En ook het silhouet van zijn broer Roman daarna in de rubberboot, die over de inktzwarte zee bleef turen, en nog een paar anderen van ons team die ik sindsdien niet meer heb gezien.

Ik wankelde uit het water en pas op de basaltblokken deed ik mijn ogen open. Het was Beer Slykers.

Hij stond op de zandstrook en hij zag er even beroerd uit als ik me voelde.

Beer vroeg niet wat ik daar deed. Hij dacht zeker dat ik voor mijn lol in november in zeewater van een paar graden boven nul rondkroop. Hij loodste me naar het parkeerterrein.

'We moeten praten', herhaalde hij steeds terwijl we de dijk op klauterden.

Tussen Angela's camper en mijn afgejakkerde Volvo stond Beers glimmende Nissan Pathfinder.

'In mijn cockpit is het warmer', zei hij.

Dat klopte en het rook er ook naar alcohol. Ik huiverde en had wel trek in een bel whisky, cognac, wodka of wat ook met meer dan vijfendertig procent alcohol. Ik vroeg me af of hij een heupflacon in de uitpuilende zakken van zijn bodywarmer had. Beer startte de motor en zette de blower op volle sterkte. Het leek hem niet te deren dat ik zijn leren bekleding verpestte.

'Wat doe je hier?' vroeg ik.

Hij staarde een paar seconden door de voorruit naar de invallende duisternis. Hij wees met een hoofdbeweging naar de zee.

'Zie je die boortorens?' zei hij. 'De vlam van de fakkelpijpen was ons kaarslicht.'

Ik verschoof en hoorde het water in mijn schoenen klotsen. Hij liet een snuivend lachje volgen, dat overging in een onderdrukte snik. Ik zweeg.

'Ray, je zóú kunnen vragen: wie zijn die "ons"?'

'Ja', zei ik.

Hij snoof nogmaals en schudde zijn hoofd.

'Angela en ik hebben hier wat tijd doorgebracht.'

Hij draaide zich naar me toe.

'Tot afgelopen zondag, begrijp je?'

'Tot afgelopen zondag', herhaalde ik.

Omdat hij er zulke droevige hondenogen bij opzette, kon ik me tot een minimale inspanning beperken. Beer wilde hoe dan ook zijn verhaal kwijt. En ik vermoedde dat ik er niet warmer van zou worden.

'Angela en ik hadden iets met elkaar', zei hij. 'We voelden ons tot elkaar aangetrokken.'

Ik voelde hoe de kou van het zeewater naar binnen drong.

'Jij valt op dezelfde types als ik, hè Beer', zei ik. 'Uiterlijk dan. En daar lopen we maar liever niet mee te koop?'

Hij leek op te kikkeren van mijn begrip.

'Precies', zei hij. 'Daar zijn ze in deze Hollandse uithoek nou nét te bekrompen voor.'

'We hebben allemaal onze geheimen', zei ik.

Ik krijg zo'n dooddoener wel over mijn lippen, vooral wanneer ik de enige ben die er de ironie van inziet. Ook ik had me vaak met Angela teruggetrokken in die camper, en niet alleen om ambtelijke stukken door te nemen. Na het duikincident en de shit die erop volgde bekommerde ze zich om mijn gehele welzijn.

'Het is schijnheiligheid', ging hij verder. 'Angela was een prachtwijf … een kanjer … maar …'

Hij liet zich onderuitzakken. Zijn getreuzel begon me te irriteren. En ik wilde de droge overall aantrekken die in mijn kofferbak lag.

'Maar ...?' spoorde ik aan. 'Ga door, Beer, het is een klotedag, iederéén zit stuk. Even doorbijten.'

'Ja, even doorbijten', zei hij. 'Grappig dat je dat zegt. Dat zei Angela ook tegen mij. Letterlijk. Afgelopen zondag ...'

Hij wapperde met zijn linkerhand denkbeeldige rook weg.

'Het was over en sluiten', zei hij. 'We zaten op een heilloze weg.'

'Hoezo?' vroeg ik. 'Hadden jullie genoeg van die geheime afspraakjes in een benauwde camper?'

Hij merkte het wrange toontje niet op.

'Nee, ik zeker niet', zei hij met een parmantig lachje, zo'n lachje van heimelijk genot en de schaamte die daarbij schijnt te horen.

'Ach, je wettige echtgenote heeft er lucht van gekregen en jou voor het blok gezet. Maakte Fanny gehakt van je?'

Hij hield zijn blik op de fakkelvlammen gericht.

'Als Fanny oorlog voert, trekt ze alles uit de kast. We hebben het helemaal uitgeknokt, Ray, en dat heeft onze verhouding goedgedaan. De piketpaaltjes stáán er weer. En nou heeft Angela zich van kant gemaakt!'

Ik schoot bijna in de lach bij de gedachte dat Angela dat had gedaan omdat ze Beer als geheime minnaar was kwijtgeraakt.

'Dat is een zware last, Beer', beaamde ik. 'Hoe reageerde Angela op jouw besluit?'

'Ze snapte het', zei Beer.

Ik snapte nu ook waarom Fanny me zo nodig wilde spreken. Zij had ook wel in de gaten dat Beer een paar roffels in de jungletamtam zou krijgen als zijn geheime pleziertjes met Angela kwamen bovendrijven. Liever dan dat speelde hij nu maar open kaart.

'Wat wil je van mij?' vroeg ik.

'Zal ik naar de politie stappen?' vroeg hij. 'Jij moet toch weten wat me te doen staat.'

'Stilzitten wanneer je wordt geschoren', adviseerde ik.

Hij blies zijn adem uit. Hij zou de eerste dagen niet rustig slapen.

'Dus jij zegt: geen actie?'

'Wat je zegt, Beer, geen actie.'

Ik pakte de portiergreep vast.

'Wacht even, Ray, dit lucht me op, weet je dat? Want er spelen meer belangen. We staan aan de vooravond van een ingrijpende periode.'

Het was niet slim van mij om daar met een bevestigend hummetje op te antwoorden. Ik was alweer met mijn gedachten bij Angela en waarom ze het niet kon opbrengen om verder te leven. Maar Beers vermogen om door te schakelen naar zijn eigen belangen was fenomenaal.

'Even praktisch', zei hij. 'Het klinkt hard, maar we kunnen er niet nóg meer problemen bij gebruiken, niet nu we het masterplan moeten beoordelen. De OR kan niet binnen een paar dagen voor de tweede keer een voorzitter verliezen. Dan staan we buitenspel en krijgt Vetboer in alles zijn zin. Staat er in mijn dossier trouwens iets over die affaire met Angela?'

'Over iedereen is een dossier', antwoordde ik vaag.

'Verdomde stasi's', schold hij, maar wel met een lachje waaruit bleek dat ik dat spottend kon opvatten. 'Jullie maken iedereen kapot die zijn gevoel volgt.'

Je bedoelt je pik, dacht ik en ik wilde dat ook wel zeggen, maar hij hernam zich: 'Sorry, geintje … *No offense meant.* Sorry nogmaals. Ik heb het je nu eerlijk verteld en daar wou ik het bij laten. Jij toch ook, hoop ik?'

Ik was zijn biechtvader geweest en nu wilde hij een schone lei als beloning.

'Maak je niet druk', zei ik. 'Als ik elk slippertje in de jungle moet noteren, kan ik er wel een paar assistenten bij gebruiken.'

Voordat hij de kans greep om me te omhelzen, stapte ik de duisternis in. Ik scheurde naar mijn flat. Ik nam een hete douche en kleedde me om. Beer had zijn hele zielige buitenechtelijke excursie nu officieel aan Interne Veiligheid gemeld zodat hij zijn handen in onschuld kon wassen. En zijn carrièrekansen waren veiliggesteld. Bovendien had hij zich en passant tot voorzitter van de ondernemingsraad gebombardeerd.

Misschien zou ik hem nog nodig hebben en daarom kon hij voorlopig op mijn discretie rekenen, maar ik bleef me morsig voelen. Het was ook wel verdomd onbegrijpelijk dat een kanjer als Angela even makkelijk haar bed deelde met zo'n Beer als met mij.

Ik bracht mijn gekwetste ego tot rust met een troostrijke wodka. Daarna richtte ik me op de vraag wat zo'n klimhaak daar in de branding deed, maar meer nog was ik benieuwd naar de inhoud van Angela's afscheidsbrief.

Tegen het einde van de dag was ik weer op kantoor. Interne Veiligheid werkt dwars door alle diensten heen, horizontaal, verticaal en diagonaal, en in het organogram zitten we met maar één enkel lijntje naar de sic aan de organisatie vast. We zijn de kleinste eenheid in de jungle, maar in onze taakomschrijving staat dat we ons overal mee mogen bemoeien. Mogen is moeten, dus aan die heilige plicht hield ik me toen ik de set moedersleutels van Interne Veiligheid uit mijn kluisje haalde en me via het trappenhuis naar boven haastte. Het zou me verbazen wanneer er iemand op Angela's kamer was, maar voor de zekerheid klopte ik aan. Ik sloot de deur achter me en draaide hem op slot. Uit piëteit had iemand de zonwering laten zakken, zodat ik ongestoord mijn gang kon gaan.

Ik ging achter Angela's bureau zitten en zette haar computer aan. Uit haar agenda verwijderde ik al onze privéafspraken, dat wil zeggen de afkortingen waaronder ze onze persoonlijke ontmoetingen had gerangschikt. Onze zakelijke contacten met onderwerpen als 'Camerabewaking buitengebied' en 'Alarmprocedures' liet ik met rust. Dat zag er allemaal normaal uit. Van mij mag je dat geschiedvervalsing noemen, maar voorlopig was het een cadeautje voor die lui die geloven dat de geest van een overledene nog een tijdje actief op de aarde blijft.

Daarna voerde ik een scan met mijn naam uit op al haar bestanden. Ik controleerde of er aan de hits onzakelijke opmerkingen kleefden en ik bleek er helemaal clean uit te komen. In gezeik met de nabestaanden over mijn amoureuze escapades met Angela had ik geen trek. Zeker niet met haar man Roman.

Voor de zekerheid neusde ik rond in de lades van haar bureau. Voor een dagboek was ze te ongeduldig, had ze me ooit toevertrouwd, maar misschien had ze me niet alles verteld. Onder haar pennenbakje trof ik een mapje aan met rekeningen en een afgestempeld treinkaartje naar Amsterdam. 'Declareren' stond er met viltstiftletters op gekalkt. Ik bekeek de nota's en snapte niet waarom ze die op haar bureau had achtergelaten. Bij inlevering zouden de wenkbrauwen op de financiële afdeling meteen gaan steigeren, want het adres op de eerste bon was van een seksshop, Erotics. De tweede was van de sportwinkel waarvan ik de naam 's middags tussen de basaltblokken had gezien. En ze had inderdaad een klimhaak gekocht, het stond er gewoon bij.

Aan de nota's waren de afschrijvingsbewijsjes van haar pinpas geniet. Ik keek naar de datum en het tijdstip en vergeleek die met het afgestempelde treinkaartje. De tijden sloten allemaal aan: Angela was afgelopen zaterdagmiddag met de trein naar de hoofdstad gegaan om er een of ander seksding met de discrete code R630 te kopen. Vervolgens was ze naar die sportwinkel gegaan.

Hoe dan ook was haar bureau een onlogische plek om deze bonnen te bewaren. Als het om haar zelf ging, waren discretie en discipline Angela's zwaarste wapens in de jungle. Daarom stopte ik de rekeningen in mijn zak. Ze was nooit erg geliefd geweest en deze relikwieën waren alleen maar goed voor stamtafelgezwets.

Ten slotte scrollde ik door haar telefoon en noteerde met wie ze de laatste weken contact had gehad. Beer kwam er vaak in voor, constateerde ik. En ook Justin Plaat en onze Vetboer. En de sic, maar die was nu eenmaal haar baas.

Bij de deur keek ik nog eenmaal om. Ik kneep mijn ogen dicht om het beeld te verdrijven dat ze gewoon aan het werk was, daar op die bureaustoel, waar ik net had gezeten.

Om te weten waarom ze daar nooit meer zou zitten, zou ik naar Roman moeten gaan. Hij kende haar beter dan ik. En hij zou de afscheidsbrief wel hebben gekregen. Waarom was ze halsoverkop uit De Viersprong vertrokken? Wat had die haak tussen de basaltblokken te betekenen? Was het wel dezelfde haak als van de nota? En waarom nog een seksdingetje gekocht, zo op de valreep voor haar dood?

Op weg naar huis wervelden allerlei vragen over Angela net zo wild door mijn hoofd als de meeuwen boven de Kop van Helle. Vooral de vraag wie me voor was geweest en waarnaar er zo snel na haar dood gezocht moest worden. Angela had de gewoonte om haar bureaulades op slot te doen. We hadden er urenlang over gediscussieerd dat ze daarmee juist inbrekers en andere onverlaten op het idee bracht dat er iets te vinden was. Ze hield halsstarrig vast aan die onpraktische gewoonte.

'Wie inbreekt, moet dan ook de moed opbrengen om te bréken', was haar standpunt. 'Laat ze maar werken voor hun geld.'

Maar de set moedersleutels had ik alleen nodig gehad om de deur achter me te sluiten.

III

De slaap kreeg me die avond snel te pakken maar liet me na een uur weer los. Ik dacht na over Roman en wat ik hem te vragen had. Veel trek in een ontmoeting had ik niet en ik vermoedde dat hij er ook zo over dacht.

Vlak na middernacht gaf ik het nadenken op en stapte uit bed. Soms sla ik terug met pillen wanneer de natuur een spelletje met me speelt. Volgens de psych die me na Frizo van staatswege was toebedeeld, is slapeloosheid een reactie van het lichaam op angsten die zich in het onderbewuste hebben genesteld. En het lichaam weet gewoon dat ze daar in een hinderlaag liggen. Zo dwingen die smeerlappen je om wakker te blijven. De oplossing is natuurlijk dat je ze gaat uitroken, maar mijn angsten hebben zich zo diep genesteld dat ik er niet bij kom. Dat was tenminste het eindoordeel van die angstdeskundige die ik na Frizo een paar maal heb bezocht. Dus bleef er niks anders over dan als een goede gastheer mijn angsten te verzorgen. Soms trakteer ik ze op een Mogadonnetje.

Ik stapte rond middernacht uit bed en checkte op hoeveel van die verdovende middelen in mijn medicijnkast ik kon terugvallen. De voorraad was stevig geslonken, constateerde ik. Ik miste twee strips. Over de doden niets dan goeds, maar het was niet tof van Angela om mijn slaapmiddeltjes te gebruiken als ze dood wilde. Ik probeerde na te gaan wanneer ze dat kon hebben gedaan maar ik kwam er niet uit. Bovendien had ze me voor andere raadsels gezet.

Geheel volgens de Methode van Glas vroeg ik me af voor welk

probleem haar dood de oplossing was. Ze was niet bijster geliefd in de jungle, ze had wat affaires gehad maar dat was allemaal geen reden om er een eind aan te maken. Althans in mijn simpele mensbeeld. Daar kwam ik dus niet verder mee. Over naar stap twee van de Methode: de feiten en omstandigheden in kaart brengen. Ik had op het bonnetje gezien dat Erotics midden op de Wallen lag en dat het een 24/7-zaak was. Omdat ik wilde weten wat de R630 was en vooral wat Angela ermee wilde, reed ik een kwartier later naar Amsterdam.

Ik zette mijn wagen op een parkeerterrein op het Rokin. Even later kreeg ik het Amsterdamse nachtleven voor mijn kiezen. Toen ik de seksshop bereikte, had een reünieklasje overjarige nachtvlinders me afgelebberd en in stereo 'I love you' in mijn oren getetterd. Een veelvoud aan straathandelaren had me hun illegale koopwaar toegesist en ik was om de tien meter vastgelopen in de files toeristen die alle tijd namen om naar de hoeren te kijken – en niks te kopen natuurlijk.

Seksshop Erotics lag tussen een tattoowinkeltje en een nachtcafé waaruit meedogenloos carnavalsmuziek de straat in werd gejaagd. Ik wierp een blik naar binnen en overwoog of ik een alcoholisch ruggesteuntje nodig had, maar niets is zo deprimerend als een leeg café met loeiende geluidsboxen.

Ook in Erotics was de klandizie afwezig. De jongeman achter de kassa keek niet op toen ik binnenkwam. Hij moest ergens in de twintig zijn, maar met zijn overgewicht had hij al een voorschot op z'n vijftigste genomen. Voor zich had hij twee monitoren waarop hij de hele zaak kon overzien, maar al zijn aandacht ging naar een kruiswoordraadsel.

Over de lengte van de rechter muur stond een vitrine met honderden in slagorde opgestelde kunstpenissen. Ik wandelde erlangs, tot ik bij een afstapje kwam dat naar een kelder leidde. Daar hing en lag en stond het sm-assortiment uitgestald. In kasten met gelaagd glas. Polsboeien waren er in allerlei maten en uitvoeringen. Van die bontgevoerde gevalletjes tot de leren banden waar je tot aan je oksel in verdwijnt. Ik ging op mijn hurken zitten en probeerde de codes te ontdekken. Ze hadden de spullen zo gedrapeerd dat de prijsstickertjes aan de achterkant zaten, net als bij die peperdure horloges in de etalages van juweliers.

'Nou, wat wordt het?'

De jongen was naast me komen staan en stootte met zijn knie tegen mijn schouder.

'De R630', zei ik zonder op te kijken.

'Hebben we niet', zei hij.

Ik haalde het bonnetje tevoorschijn en wapperde ermee voor zijn neus.

'Vliegen zeker de winkel uit? Iemand kocht een R630 afgelopen zaterdag ...' Om hem uit de tent te lokken liet ik er dramatisch op volgen: 'Ze is nu dood.'

Hij greep me bij mijn kraag en duwde mijn hoofd tegen het vitrineglas.

'Zie jij soms een R630?' vroeg hij. 'Nee, die zie jij niet. En nou opzouten. Vlieg ook maar de winkel uit.'

Hij probeerde me aan mijn kraag omhoog te trekken, maar ik draaide een halve slag en omhelsde hem stevig met mijn linkerarm bij de enkels. Daarna stootte ik mijn rechtervuist in zijn kruis en duwde hem bij zijn ballen achterover. Hij vloekte toen hij in een rek met leren jurkjes belandde en een display met lingeriesetjes in zijn val meesleurde. Voordat hij overeind kon komen, was ik over hem heen geklommen en opgestaan. Ik plantte mijn linkerschoen tegen zijn keel. Hij maakte een graaiende beweging naar mijn knie maar kwam slechts halverwege toen ik mijn gewicht naar die voet verplaatste.

'De R630', zei ik.

Hij zweeg, me strak aankijkend.

'Wat is jouw probleem?' vroeg ik en ik verminderde de druk op zijn keel.

'Deze tent is van mijn ouwe', kreunde hij. 'Hij heeft ervoor gesappeld. Zijn leven lang. Maar nou ligt hij te creperen aan de kanker, hij heeft nog een paar maanden. Daar hebben jullie schijt aan, hè?'

'Jullie? Wie?'

Hij draaide zijn hoofd weg. De keel is een kwetsbaar deel van het menselijk lichaam. Het strottehoofd, de halsslagaders en de halszenuwen houden het niet lang vol onder de langdurige druk van een stevige, zij het wat versleten marineschoen.

'Persratten', bracht hij uit. 'Jullie willen zeker een vet verhaal.'

'Ik ben niet van de pers', zei ik. 'Ik ben familie.'

Dat was ergens op de schaal tussen waarheid en leugen, maar het werkte. Ik haalde mijn voet weg. Hij ging overeind zitten en maakte een paar draaiende bewegingen met zijn hoofd.

'Wat wil je?' vroeg hij.

'Er was hier zaterdag een vrouw in de zaak voor de R630', zei ik.

Ik gaf hem de tijd om bij te komen. Hij schudde zijn schouders los en haalde een paar maal diep adem.

'De R630, dat zijn enkelboeien', zei hij en hij wees naar de kast voor hem. 'Daar hangen ze, helemaal onderin.'

Hij tastte in zijn zak en haalde er een sleutel uit.

'We verkopen er niet veel van', zei hij terwijl hij de kast opende en een set tevoorschijn haalde.

Het waren zware boeien, die met een ketting aan elkaar waren verbonden. Ze wogen minstens een halve kilo, schatte ik terwijl ik ze rinkelend van mijn ene in mijn andere hand liet glijden.

'Originele *cuffs* van het New York Police Department', zei hij.

'Heb jij ze zelf aan haar verkocht?'

'Ik sta hier elke dag', zei hij. 'Ze viel op. Er komen hier niet veel vrouwen in hun eentje, snap je. En negen van de tien kopen alleen maar een dildootje of een pak condooms.'

Ik klapte mijn mobiel open en liet een foto zien die ik ooit van Angela had gemaakt. We stonden op het punt ons af te spoelen in de branding bij de Kop van Helle. Ze zag er behoorlijk schichtig uit maar dat lag aan mijn indiscrete timing. Ze zat nog in de camper, op de bestuurdersplaats, en ze clipte net haar bikini vast.

'Een meter zeventig, halflang blond haar, leeftijd vijfendertig jaar, slank type, scherp, gebruind gezicht …' begon ik.

'Ja, dat is ze … dat moet haar wel zijn … alleen had ze zaterdag veel meer kleren aan', zei hij.

Misschien zag hij aan mijn gezicht dat ik niet opkikkerde van die humor want hij liet er met een giecheltje op volgen: 'Of het was een travo.'

'Een travo?'

Zijn giecheltje verdween meteen en hij herstelde zich haastig: 'Sorry, ik lul maar wat, het is onzin, we krijgen hier van alles in de zaak, van huisvrouwen tot professoren, echt het grootste deel is gewoon volk.'

Ik knikte maar wat terwijl hij doorging: 'Wat ze ermee moest … geen idee. Wat de klanten met de spullen doen, moeten ze zelf weten. Kijk, bij de Gamma kun je ook een hamer kopen om er iemand de kop mee in te slaan. Dat weet je niet van tevoren.'

Hij liep voor me uit naar de kassa. Ik pakte de deurklink.

'Gecondoleerd nog', zei hij. 'En sorry.'

Ik knikte. Zijn handjes en voetjes zaten verbazingwekkend los, zelfs voor een ondernemer op de Wallen. Ook al crepeerde zijn pa.

'Zand erover', zei ik.

Hij deed een greep in een rek achter zich, duwde me een pakje in mijn handen en verklaarde nogmaals dat het hem speet.

Op het parkeerterrein betaalde ik een klein vermogen aan de wachtpost voordat hij de slagboom opende. Ik reed naar de winkel in buitensportartikelen waar Angela de tweede aanschaf had gedaan. Deze zaak was dicht, maar de etalage was felverlicht. Tussen al die uitgestalde lichtgewicht materialen waarmee de wannabe-avonturiers de natuur te lijf gaan, ontdekte ik onmiddellijk de klimhaken waarvan Angela er een had gekocht. Het artikelnummer en de prijs klopten precies.

Op de terugweg drong het tot me door dat mijn nachtelijke uitstapje alleen maar had opgeleverd dat Angela vlak voor haar dood in Amsterdam had gewinkeld met als buit een seksspeeltje en een buitensportartikel. Wat ze ermee van plan was en zelfs of die twee aankopen iets met elkaar te maken hadden, was me volslagen onduidelijk gebleven.

In Helzijl heerste een andere troosteloosheid dan in die hormonale draaikolk van de Wallen. Op het Koninginneplein moest ik voor een rood stoplicht wachten. Ik was het enige levende wezen in een straal van een halve kilometer.

In het gemeentehuis was alles duister en ook de oude watertoren stond er doods bij. Bij het restaurant ernaast waren de terrasstoelen opgestapeld en met kettingen aan de pui vastgebonden. Zelfs de zwerver die 's nachts met zijn supermarktkarretje door het parkje bij de vijver scharrelde, was nergens te bekennen.

Ik maakte het pakje open dat ik als wiedergutmachung had meegekregen. Er zat een eetbaar damesslipje in. Ik zou het aan Franca kunnen geven, bedacht ik en ik verwierp dat plan onmiddellijk. Als het tegenzat, holde ze er meteen mee naar de vertrouwenspersoon ongewenste intimiteiten.

De volgende ochtend werd ik wakker met het besef dat ik niet meer onder een missie naar Roman uit kwam. De dood overstijgt alles, zeggen ze, hoewel ik nooit heb gemerkt dat iemand er als nabestaande sympathieker op wordt. Als lijk trouwens ook niet.

Franca bood spontaan aan om mee te gaan toen ik aankondigde dat ik een bezoek ging afleggen bij de weduwnaar.

Roman en Angela woonden aan de rand van Helzijl. Het was een rijtjeswoning in een nieuwbouwwijk met uitzicht op de velden van een bollenbedrijf. Ze waren onder water gezet alsof de boer wachtte tot het ging vriezen zodat hij zijn geld met een schaatsbaan kon verdienen.

'Dat doen ze tegen een of andere bollenziekte', zei Franca toen ze merkte dat ik ernaar keek.

De gordijnen bij Roman waren gesloten. Ik was er met een omweg naartoe gereden. Niet alleen omdat een ontmoeting met Roman een zwaarbeladen verleden zou ophalen, maar ook om Franca te vertellen dat we er niet alleen voor een condoleancebezoek heen gingen. Ik gaf haar een verslag van wat ik die nacht had uitgespookt en waarom. Ze zei dat ze het snapte maar dat ze ook wel geloofde dat er in de erfenis van elke zelfmoord wel een paar ongerijmdheden waren te vinden.

De vader van Roman deed open toen we aanbelden. Hij mompelde een verwensing toen hij me herkende, negeerde mijn uitgestoken hand en draaide zich abrupt om. Ik beantwoordde Franca's verbaasde blik door een vinger tegen mijn lippen te leggen.

We liepen door naar de huiskamer, waar Roman aan de eettafel zat, geflankeerd door zijn schoonzus – herstel, voormalige schoonzus. Ze was bezig folders met doodskisten te bestuderen. De laatste keer dat ik haar had gezien, deed ze hetzelfde en de blik waarmee ze me nu begroette, verschilde ook niet veel van toen.

'Dag, Mylène', zei ik.

Onder haar tranen gloeide de woede op en net als toen wist ze zich er geen raad mee. Ze kwam aarzelend overeind. Roman zag spierwit en met zijn roodomrande ogen leek het alsof hij net een duik in ijskoud zeewater achter de rug had.

'Ray', zei hij slechts en hij gaf me een korte omhelzing.

Ik stelde Franca aan hem voor en daarna was het de beurt aan Mylène. Ze wist niet goed of ze mij haar wang moest aanbieden. Van mij hoefde dat gelebber niet en ik liet het bij een bemoedigend klopje op haar hand.

Romans vader had zich in de achterkamer achter een stoelleuning verschanst, waar hij met zijn rug naar ons toe de brand in een sigaar stak. Roman veegde met zijn mouw over zijn gezicht en draaide zich abrupt om.

'Ga zitten', zei hij, rommelend in de la van een dressoir.

Hij trok een tissue tevoorschijn en snoot zijn neus. Daarna vroeg hij of we koffie wilden.

Franca en ik antwoordden dat we daar wel trek in hadden. Mylène verdween naar de keuken.

Roman volgde mijn blik naar zijn pa, die zich als een standbeeld bij het raam had opgesteld. Hij haalde licht zijn schouders op.

'Ma is boven', zei Roman. 'Ze maakt Angela's trouwjurk in orde. Daarin wordt ze opgebaard …'

Alle rituelen om rouw te betuigen zijn me om het even, dus ik hield het bij een begrijpend knikje.

'Wat mooi', zei Franca met een warmte die ik van haar niet kende. 'En niet makkelijk voor jou.'

Roman negeerde haar en draaide zich naar me toe.

'Op onze huwelijksdag was ze voor honderd procent gelukkig, toch, Ray?'

'Helemaal waar', zei ik. 'Meer dan honderd.'

Over de doden niets dan goeds, maar ook voor de nabestaanden kun je het verleden maar beter met gulle hand aanpassen. Zijn broertje Frizo en ik waren getuigen bij hun trouwerij. Een jaar later was Frizo dood. En nu, weer een jaar later, Angela zelf.

'Ik ben blij dat je gekomen bent', zei Roman. 'Ondanks ...'

Hij wees met zijn duim naar zijn vader. Mylène kwam binnen en zette koppen koffie voor ons neer. Franca en ik namen een slok onder haar doordringende blik.

'Het gaat zoals het gaat', zei ik. 'Maar altijd anders dan je wenst. Hoe hebben ze je gewaarschuwd, Roman?'

'We waren in de zodiac op weg naar een BC-tje', zei hij. 'Maar op een half uur van het basisstation kwam er een RTB binnen. Een uur later zat ik in de koffiemolen. Op De Kamp hebben ze me ingelicht. Ik was net één dag op missie.'

Ik vertaalde voor Franca dat hij in een rubberboot de zee op was gegaan om een bom onschadelijk te maken die een vissers-schip in zijn netten had gekregen. En dat de commandant van het moederschip een bevel *return to base* had gegeven om hem met een helikopter naar het marinevliegkamp te laten brengen.

'Roman werkt bij de marine', zei ik.

Ik geloof niet dat ik een staatsgeheim verklapte.

'Net als Ray', zei Roman.

'Ooit', voegde ik eraan toe.

In Franca's oogopslag las ik de verwondering over dat verzwegen verleden.

'Waarom is Angela die middag uit De Viersprong vertrokken?' vroeg Roman.

'Geen idee', zei ik naar waarheid. 'Ze had een spoedje gekregen, zei ze, maar van wie weet ik niet. Misschien is dat na te gaan ...'

'Haar mobiel is foetsie', zei hij. 'De straatjochies dachten dat hij wel ergens in zee zou liggen. Zat in ieder geval niet bij haar spullen.'

We zwegen weer een tijdje tot Franca zich in de koffie verslikte en Mylène zich naar de keuken haastte om een glas water te halen.

'Hoe hebben ze vastgesteld wat er is gebeurd?' vroeg ik.

Roman draaide zich om en trok een ladekastje open.

'Dit lag in de camper', zei hij en hij schoof een velletje papier over de tafel naar me toe.

Het was haar afscheidsbrief.

'Sorry', las ik hardop. 'Sorry, nu komt er een einde aan alle misère. Dit was de enige oplossing. Op een andere manier kon ik niet meer verder. Het ga je goed. Angela Marskramer.'

Het was verbazingwekkend kort, te kort en te weinig zeggend ook voor Angela, die nooit losse eindjes liet slingeren. Ze zou die misère met naam en toenaam hebben genoemd en zich niet achter een paar clichés hebben verscholen. En haar eigen naam die ze er voluit onder had geschreven, in dat keurige schoolmeisjeshandschrift ... ik kende alleen haar paraaf AM, van haar memo's.

Ik schoof het papier naar Franca en haalde de rekeningen tevoorschijn die me een nachtje Amsterdam hadden opgeleverd.

'Deze nota's lagen in haar bureau', zei ik.

Ik hoopte dat hij niet zou vragen of ik het zelf was die erin had gesnuffeld. Roman bekeek ze zorgvuldig. Hij schraapte zijn keel.

'Moet ik dit aan de straatjochies geven?' vroeg hij.

Roman wierp een blik op Franca, die nog steeds de afscheidsbrief bekeek. De straatjochies, zo noemden we de politieagenten die we moesten zien te vermijden wanneer we op een geheime missie gingen. Hij stond moeizaam op en maakte een hoofdbeweging naar buiten.

'Ga even mee naar de schuur.'

Ik gebaarde Franca dat ze moest blijven zitten en liep achter

Roman aan. Mylène passeerde ons met een glas water. Ze had gehuild in de keuken maar ze perste haar lippen op elkaar toen ik haar toeknikte.

'Angela had hoogtevrees, dus wat moest ze met een klimhaak?' vroeg ik in het achtertuintje.

Hij schudde zijn hoofd in onwetendheid.

'In combinatie met een setje erotisch bedoelde enkelboeien krijg je een ander plaatje', ging ik verder. 'Ik hoopte dat jij er meer van wist.'

'Ze had een hekel aan harde seks', zei hij. 'Of aan dat fetisjgedoe. Machtsspelletjes speelde ze graag hoor, vooral bij jullie op het gemeentehuis. Maar in bed geilde ze op slagroomseks. Dan veranderde ze in een toffee.'

Dat kon ik voluit beamen, maar niet tegenover de man die haar echtgenoot was geweest.

'O', zei ik. 'Heb je die klimhaak en die boeien dan ergens in haar spullen gevonden?'

Hij maakte een geïrriteerd gebaar.

'Wat maakt het uit?' zei hij. 'Ik heb wel wat anders aan mijn hoofd.'

Hij liet een stilte vallen. In de schuur rook het naar vroeger, naar neopreen, naar rubber en zout water. We hadden er vaak onze uitrustingen gespoeld. In de hoek stond een stalen garderobekast, een fabrieksding dat hij van De Kamp had meegekregen. Of meegepikt. Met een trap stootte hij de deur open. Er hing een gloednieuw droogpak en hij had eindelijk een volgelaatsmasker aangeschaft, zag ik. Van de bovenste schap pakte hij twee glaasjes en hij schonk ze vol uit een belastingvrije fles wodka.

'Op Angela', zei hij en hij sloeg het glaasje achterover.

Daarna liet hij het vallen en greep hij me bij mijn beide armen.

'Ik vind het klasse dat je hier bent, Ray', zei hij terwijl zijn ogen volliepen. 'Het is zo klote gegaan, toen … met Frizo. Hartstikke goed …'

'Ik weet het, Frizo en Angela waren kanjers.'

57

Hij draaide zich om, nam een teug uit de fles en zette hem met een klap neer.

'Angela en ik …' zei hij. 'We hadden zo verdomd veel toekomst.'

'Het is inderdaad ongelóóflijk …' zei ik nadrukkelijk.

'Wat bedoel je?' vroeg hij. 'Ben jij er dan niet van overtuigd dat ze zichzelf …?'

Ik deed er het zwijgen toe. Frizo stond tussen ons in en hij voelde dat net zo goed als ik.

'Met Frizo was het anders', zei hij zuchtend. 'Geloof me, maar toen deed ik het voor pap en mam. Dat móést. Ik kon de oudjes de waarheid niet aandoen, niet díé waarheid. Dat had de genadeklap betekend. En voor Frizo maakte het niet meer uit.'

'Voor Mylène wel', zei ik.

Voor haar maakt het een leuk tonnetje euro's uit. Met een ongeval maak je namelijk fortuin, voor zelfdodertjes betaalt de verzekering geen cent. Maar dát nam ik ze ook niet kwalijk, dat ze de dode Frizo slachtoffer van een ongeluk maakten, toe maar, het leven is al duur genoeg. Wel dat ze míj de schuld ervan in de schoenen schoven. Roman zette zijn lippen aan de fles en kneep zijn ogen stijf dicht.

'Angela was puur goud', zei ik om hem bij het hier en nu te halen. 'Ze heeft er toen echt alles aan gedaan om mij weer in het gareel te krijgen.'

'Ik ben blind geweest', fluisterde hij en hij wierp een blik door het raampje naar het huis, waar ik Franca aan de tafel zag zitten met Mylène.

'Waarvoor?' vroeg ik.

'Ze leek een *iron lady* maar onder de oppervlakte moet de stress haar hebben opgevreten', zei hij.

Bij mijn weten begon Angela juist te leven als de spanningen hoog opliepen.

'Roman, come on!' zei ik. 'Was ze soms depressief? Of wanhopig?'

'Die afscheidsbrief is duidelijk, toch?' hield hij vol.

'Ik zeg je: er klopt iets niet.'

'Ray, er lagen twee strips in de camper!'

'Ze had het nooit over slaapproblemen', zei ik.

Angela viel altijd als een blok in slaap tijdens onze uitjes naar de Kop van Helle. Maar dat verzweeg ik en ook verzweeg ik dat die pillen uit mijn medicijnkast moesten komen.

'Ze vertelde jou niet alles', zei hij en hij liet er treurig op volgen: 'Mij ook niet, trouwens.'

'Zoek dan ten minste uit waarom ze naar Amsterdam is gegaan om die klimhaak en die boeien te kopen', drong ik aan. 'Anders doe ik het.'

Hij knikte afwezig en liep via dat droefgeestige achtertuinterrasje naar de woonkamer. Ik volgde hem en vroeg me af of ik hem niet te hard had aangepakt.

In de huiskamer zei ik tegen Franca dat we op kantoor werden verwacht. Ze keek op van een fotoboek dat Mylène haar in de handen had gestopt. Ze was op de laatste pagina beland. Roman stond in zijn marineduikpak op een ponton. Op de achtergrond schitterde een Caribisch strandje. De druppels zaten nog op zijn snor en hij had net zijn cap afgedaan. Met één arm hield hij zijn vinnen en duikbril vast, de andere had hij om de schouder geslagen van een man met lang blond haar. Op de achtergrond herkende ik de rest van mijn vroegere eenheid, onder wie Ties Pletter, de enige die na Frizo's dood contact met me had gezocht. Ontspannen lachend keken ze allemaal in de camera. Ik herkende ook de duikspot, het was de Caracasbaai bij Curaçao, waar we altijd de internationale oefeningen hielden.

'Die daar, dat is Romans nieuwe duikbuddy', zei Mylène. 'Hij heet Ted. Een leuk joch. Roman is zijn mentor.'

Ze wachtte er lang mee voordat ze het fotoboek dichtsloeg. Ik wendde me tot Franca.

'We moeten gaan.'

Toen we na een moeizaam afscheid in de wagen zaten, kwam Roman ons achterna. Hij droeg een pakket. Ik liet het raampje zakken.

'Haar map met stukken van de ondernemingsraad', zei hij. 'Jullie gaan toch verder waar zij is gestopt?'

Ik nam het pakketje aan. Het was een isolatiezak en hij voelde ijskoud aan.

'Waar komt dit vandaan?' vroeg ik.

'Ze bewaarde het in de vriezer.'

Hij haalde zijn schouders op alsof niks hem meer verbaasde.

'Waarom daar?' vroeg ik.

'We hebben geen kluis', zei hij. 'Dus wat denk je? Het zal wel niet voor ieders ogen bestemd zijn.'

Hij bracht zijn mond dicht bij mijn oor.

'Ray', fluisterde hij. 'Dit verklaart misschien waarom ze het gedaan heeft. Ray, jij kent de jungle beter dan ik ...' Hij begon met zijn ogen te knipperen tegen de opkomende tranen. 'Ik kan het niet opbrengen om hierin te ...'

Mijn voormalige marinemaatje kende me en hij wist dat ik toch wel alles zou doorspitten om Angela's motieven boven tafel te krijgen.

Maar hij wist niet dat ik dat óók zou doen om wat Angela en ik hadden gehad.

Ik nam Franca mee naar de Grote Boet, zo'n ouderwets hotel-café-restaurant langs de uitvalsweg dat het in de zomer van toeristen moet hebben en 's winters van pensionados en ander volk dat zich geen raad weet met de tijd.

Eigenlijk was het Franca die mij op sleeptouw nam. Ik moet er aangeslagen hebben uitgezien. Bij het uitrijden van de straat stelde ze al voor om ergens bij te komen. In de Grote Boet gingen we bij zo'n nep-openhaard zitten. Ze maakte er geen punt van om meteen de vraag te stellen die op haar lippen lag sinds zijn naam was gevallen.

'Wie was die Frizo?'

Ze dacht waarschijnlijk ook dat praten over hem me opluchtte, maar ik had het verhaal zo vaak verteld dat ik er schijtziek van werd. Het waren altijd proces-verbaal schrijvende marechaussees en MIVD'ers geweest die me hadden aangehoord, met hun beroepsmatige argwaan. Plus die psych, en hij had me sterk afgeraden het verhaal vaker te vertellen. De kracht gaat er dan vanaf, beweerde hij. Die woensdagochtend was ik echter een prooi van de roekeloosheid die toeslaat als je het huis van een dode hebt bezocht. Sommige mensen kopen een fourwheeldrive of ze boeken een wereldreis als ze weer eens hebben geconstateerd hoe dun het lijntje naar de andere kant is. Ik was het zat om mijn mond te houden en lapte alle zwijgplichten die ik na mijn vertrek bij onze duikeenheid had ondertekend aan mijn laars. En Franca leek echt geïnteresseerd.

'Ooit werkte ik bij de sectie BPN', antwoordde ik. 'Beveiliging Platforms Noordzee. Een eenheid marineduikers. Roman en zijn broer Frizo zaten in mijn groep. Tot voor een paar jaar was ons dagelijkse werk het onschadelijk maken van mijnen of bommen. Maar toen terrorismebestrijding de grote hobby van de veiligheidsdiensten werd, kregen we de boortorens erbij. We werden ingezet om de jackets te controleren op explosieven.'

'Wat zijn jackets?'

'De pootjes', zei ik, wat zwak uitgedrukt was voor staalconstructies van tientallen meters hoog en met de doorsnede van een paar ruime huiskamers.

'Je hoeft er maar één uit het lood te blazen of het hele platform verdwijnt met een mooie plons in zee. Daar heb je geen geavanceerd aanvalsplan voor nodig. De logistiek komt van een onschuldig ogend moederschip dat alleen maar zo onopvallend mogelijk in de buurt van het target moet zien te komen. Op een productieplatform is sowieso weinig personeel aanwezig en ook op een boorplatform hangen ze niet de hele dag over de reling om te kijken of er iemand aankomt. 's Nachts ben je met een rubberbootje onzichtbaar. En onder water helemaal natuurlijk. Je brengt zo diep mogelijk een springlading aan ...'

'Waarom zo diep mogelijk?'

Haar belangstelling was zo ongeveinsd dat er iets ontstond dat je intimiteit kon noemen.

'Hoe meer gewicht boven het breekpunt, hoe sneller het zaakje kantelt', antwoordde ik.

'En wat moesten jullie dan doen?'

'We opereerden vanaf een fregat in de buurt van de platforms en doken vanaf rubberboten. We moesten de constructies checken. Visuele inspectie. Of we iets raars zagen. Net zoals op die novemberdag. We werden voor een controleprocedure op pad gestuurd …'

Ik denk dat ze mijn aarzeling merkte omdat ze me aanmoedigend toeknikte.

'Normaal vertelden ze ons nooit veel', ging ik verder. 'Maar in dit geval kregen we een stevige briefing op De Kamp. We waren al een paar dagen standby gehouden en plotseling werden we expeditionair. We kregen de opdracht om ergens op het Engelse deel van de Noordzee, voorbij de Doggersbank, een onderzoek te doen naar een mogelijke aanslag. Er was een *red alert* voor heel Engeland afgegeven en er was een zwaar tekort aan veiligheidstroepen om alles in de gaten te houden. We werden naar de marinebasis bij Yarmouth overgevlogen en van daar met een helikopter naar een fregat van onze marine.'

De ober stak zijn hoofd om de deur.

'Heb je al ontbeten?' vroeg Franca.

Dat was niet het geval maar ik had een onweerstaanbare behoefte om de eerste wodka in dat schuurtje met een tweede weg te spoelen. Franca bestelde er een witte wijn bij. Ze deed aardig mee, stelde ik vast, want het was niet haar gewoonte om voor twaalf uur 's ochtends aan de drank te gaan. We wachtten tot de glazen op tafel stonden en de ober weer achter de bar was verdwenen.

'Er was een melding binnengekomen van een vrachtschip uit Qatar dat buiten de vaarroutes aan het zigzaggen was geslagen', zei ik. 'Qatar is een van die gezellige moslimlandjes met een negatief reisadvies van Buitenlandse Zaken. Dat vrachtschip was in de buurt van een gasplatform terechtgekomen, de Zach-17, dus dat viel op. Via de satelliet was ook nog eens gesignaleerd dat zich een kleinere boot van die schuit had losgemaakt en in de richting van dat platform voer. In die red-alertparanoia werd er meteen een fregat op afgestuurd en alle beschikbare duikteams werden opgeroepen. Later bleek het allemaal loos alarm. Die schuit had problemen met de besturing gekregen en een deel van de bemanning was voor de zekerheid de reddingsboot in gegaan. Na een half uur werden ze weer aan boord genomen omdat ze de zaak onder controle hadden gekregen.'

'De angst is erger dan de kwaal', zei Franca.

Ze nam een slokje en tikte haar glas tegen het mijne.

'Hoe dan ook, aan de Nederlandse kant zit je na dertig, veertig meter al op de bodem', zei ik. 'Maar op het Engelse plat kun je makkelijk naar honderd meter diepte. Of meer. Het leek wel of Frizo op deze missie had gewacht ... Het was windkracht vijf en het was nacht, geen maan. Allemaal geen probleem, daar waren we aan gewend. We voeren eerst om alle vier de poten heen voor een *surface check* vanuit de zodiac. Niks te zien. Daarna gingen Frizo en ik naar beneden bij de eerste jacket. Als duikmeester bleef Roman boven. Na een paar meter merk je al niks meer van de golven dus we zwommen rustig om de constructie heen, steeds een meter of twee lager, op zoek naar iets wat er niet hoorde. Die poten zijn begroeid met slib-anemonen en anjelieren en ander spul, dus als daar net een pakketje dynamiet is aangebracht, valt dat meteen op. Je zou het ook merken aan vissen die daar rondzwemmen omdat er iets te vreten valt wanneer je de begroeiing losmaakt. Op dertig meter besloot ik dat het genoeg was. Als je dieper gaat, ben je te veel tijd kwijt met het opstijgen vanwege de decostops. En we moesten de andere drie poten ook nog doen. Ik gaf Frizo een teken dat we naar boven gingen.'

Franca ging verzitten en haar enkels rustten tegen de mijne. Het leek haar niet te deren en mij zat het ook niet dwars.

'Hij geeft een okeetje terug ...'

'Een rondje met duim en wijsvinger', zei ze. 'Ja toch? Onderwatertaal voor "alles in orde".'

'Klopt', zei ik. 'Meteen daarop zag ik dat zijn lamp naar beneden dwarrelde. Ik maakte een paar slagen naar hem toe ...'

'Jullie hebben toch een eigen reservelamp?'

Waarschijnlijk keek ik een tikje verbaasd want ze verklaarde:

'Mijn vader was duiker bij die straatjochies, zoals jij ze noemt. Hij leeft nog.'

'Het is altijd makkelijk als je buddy je effe bijschijnt ...' antwoordde ik. 'Ik dacht dat Frizo zijn lamp probeerde te pakken want hij was plotseling aan een razendsnelle afdaling begonnen. Met zijn hoofd recht naar beneden. Ik zwem hem achterna en ik krijg hem nog bij een vin te pakken, maar ik verlies hem omdat hij een onverwacht heftige slag maakt. Hij rukt zich gewoon los! Hij kijkt nog éénmaal om en hij zwaait naar me. Alsof hij wilde zeggen dat hij ervandoor ging en dat het een uitgemaakte zaak was. Daarna verdwijnt hij loodrecht naar beneden, alsof hij vluchtte. Hij gaf niet eens een noodsignaal. Het laatste wat ik van hem zag, waren die wapperende vinnen en een staart luchtbellen.'

'En wat deed jij?'

'Ik ben tot zestig meter diep achter hem aan gegaan. Verder was echt niet verantwoord, we doken met gewone lucht. Je bent getraind om door te schakelen en aan je eigen veiligheid te denken. Niemand zit te wachten op twee slachtoffers. Het is allemaal op mijn duikcomputer nageplozen. Op die diepte heb ik op hem gewacht totdat mijn luchtvoorraad nog net voldoende was voor de opstijging en decostops.'

Ze zuchtte en legde haar hand op de mijne.

'Werkten jullie niet met duiklijnen?' vroeg ze.

'Kom op, we zijn geen hondjes die worden uitgelaten. Ja, bij de brandweerjongens en de straatjochies, daar mogen ze alleen aan een touwtje het water in. Iemand aan de wal houdt dat vast. Dé manier om verstrikt te raken.'

'En hadden jullie geen zendertjes voor contact met elkaar of de duikmeester?'

'Doen we niet aan. BPN werkt in het geheim. Je kunt gesprekken wel versleutelen, zodat ze niet weten wát je met elkaar aan het leuteren bent. Wie die "ze" ook mogen zijn. Maar ze kunnen de signalen die je uitzendt wel oppikken. Traceren ze waar je aan het werk bent en gaat de operatie ook stuk. Alleen in geval van nood gebruiken we zendbakens, maar die werken alleen aan de oppervlakte.'

'En Roman wist al die tijd van niks?'

'Hij zat nietsvermoedend in de zodiac. Ik had een vage hoop dat Frizo langs de andere kant van die poot was opgestegen, maar eenmaal boven trof ik alleen Roman aan. Hij trok me de boot in en toen moest ik vertellen dat ik Frizo was kwijtgeraakt …'

'Hoe reageerde hij?'

'Roman wilde meteen zelf het water in om Frizo te zoeken. Ik had de grootste moeite hem ervan te weerhouden. Eén vermiste was genoeg. We hebben het moederschip gewaarschuwd en toen kwam er een reddingsactie op gang. Er zijn zoekploegen naar beneden gegaan en er is de hele nacht ook aan de oppervlakte gezocht. Frizo is nooit gevonden.'

'Wat was er volgens jou gebeurd?' vroeg Franca.

'Zelfmoord', zei ik. 'Geen twijfel.'

'Hoe weet je dat zo zeker?'

'Met zo'n snelheid en in die houding naar de diepte schieten … dat kan alleen als je er echt moeite voor doet. En met die enorme sliert luchtbellen. Hij heeft alle lucht uit zijn duikvest geblazen en dan daal je wel hard af, met zo'n veertig kilo uitrusting plus duiklood. Maar op dat moment twijfelde ik omdat ik mezelf liever wijsmaakte dat hij zijn lamp probeerde te pakken. Het moest een ongeluk lijken. En hij wilde niet dat ik achter hem aan ging. Maar die lampen zijn gezekerd aan je vest en je moet echt moeite doen om die los te klikken. Daar tuinde ik niet in.'

'En Roman?'

'Roman bleef maar kermen dat hij zelf met Frizo naar beneden had moeten gaan en dat hij zijn broertje had moeten ophalen, enzovoort. We zijn de volgende middag teruggevaren naar Yarmouth. Daar werden we meteen uit onze eenheid gehaald en op een vlucht naar De Kamp gezet. Pas op die trip naar huis heb ik hem verteld dat Frizo met opzet naar de diepte was gedoken en dat die losgeraakte lamp een voorwendsel was. Roman hoorde het wel aan maar hij zei niks.'

Franca knikte, alsof het vanzelfsprekend was dat ze me geloofde.

Ze was de eerste die niet meteen vraagtekens zette bij mijn verhaal. Maar in de dagen na Frizo's vermissing groeide het wantrouwen van mijn maten tot een gezwel dat me uiteindelijk verstikte.

'We zouden op De Kamp verhoord worden', ging ik verder. 'Maar Roman en ik kregen toestemming om het eerst aan Mylène te vertellen. Beroerde uren. Roman voelde zich nog schuldiger dan ik.'

'Geloofde zij jou?'

'Mylène weigerde te geloven dat Frizo dood was. Ze woont vlak bij Roman, in hetzelfde rijtje huizen, en daar had Frizo ook zo'n spoelschuurtje. Ze rende er in paniek heen om te kijken of Frizo zich daar verstopt had. Wij gingen erachteraan want ze was helemaal hysterisch. Ze smeet de kasten open en trok de inhoud eruit. Toen vonden we Frizo's afscheidsbrief. Een hoop excuses en de mededeling dat hij gefaald had als mens, dat hij nooit degene was geweest die hij had willen zijn ... wat hij precies bedoelde was me niet duidelijk, maar ik begreep wel dat hij al tijden met zichzelf overhoop lag.'

'Hij had het dus gepland? Dan heeft hij jou toch een teringstreek geleverd! Hij heeft jou in gevaar gebracht!'

Ze had gelijk en haar verontwaardiging deed me meer dan goed. Maar Franca priemde recht in een oude wond. Mijn eigen woede had ik ergens diep weggestopt, omdat de dood nu eenmaal alles overstijgt of dat zou moeten doen.

'We kalmeerden Mylène', zei ik. 'Daarna vertrokken we naar Frizo's ouders. Onderweg kreeg ik een telefoontje van De Kamp. Een oproep van de marechaussee. Ik moest meteen komen opdraven voor de verhoren. Roman zouden ze later ophalen. 's Avonds laat kwam ik bij de ouders van Roman en er werd met geen woord gerept over die brief. Toen ik erover begon, ontkende iedereen het bestaan ervan. Omdat ik volhield, werden ze link en beschuldigden ze me ervan dat ik mijn eigen falen op Frizo afwentelde. Uiteindelijk hebben ze me eruit gegooid. Zelfs bij de begrafenis was ik niet meer welkom. En dat alles om een paar verzekeringscenten, die ze nog moeten krijgen trouwens.'

Franca knikte, ze begreep waarom de ontvangst bij Romans familie zo kil was.

'Roman moest toch ook getuigen?'

'Zijn verklaring had hij in de tussentijd aangepast. Volgens hem had ik na de opstijging verteld dat ik Frizo uit het oog had verloren. Punt. Verder niks.'

Franca ging achteroverzitten.

'En daarna?'

'Einde aller oefeningen voor Ray Sol. Frizo is tot op heden niet teruggevonden, net zomin als zijn duikcomputer en die kon dus ook niet worden uitgelezen. Dan was in ieder geval zijn duikgedrag duidelijk geworden. En ik had geen poot om op te staan. Bullshit natuurlijk maar ik stond vanaf toen bekend als een duiker die zijn eigen falen op zijn buddy afschoof. Een buddy die zich niet meer kon verdedigen. Dat stond natuurlijk niet in het eindrapport van de marechaussee maar het gerucht was voldoende om me af te branden. Zelf wist ik daarna ook niet meer wie ik nog kon vertrouwen of niet. Dat maakt duiken tot een levensgevaarlijk avontuur.'

'Dus daarom ben je een brave ambtenaar op Interne Veiligheid geworden? Omdat je niet meer weet wie je kunt vertrouwen. Wat toepasselijk! Op voorspraak van Angela Marskramer kreeg jij een baan waarin je tegen alles en iedereen argwaan moet koesteren.'

Franca's scherpte was verademend en ik zag Angela er achteraf wel voor aan dat ze zo ver had doorgedacht. Ik stak mijn handen omhoog.

'Het is een overgangsfase', zei ik, maar waarheen moest ze me maar niet vragen. 'Angela heeft me uit de stront gehaald. Ze wist vanaf het begin dat er twee tegenstrijdige verhalen waren, maar voor haar gold ook: *Good or bad, my family.* Daarom heeft ze me met deze baan gematst.'

'Uit schuldgevoel zeker, omdat ze niet onvoorwaardelijk voor jou koos?'

Daar had ik Angela nog nooit op betrapt. Voor zover ik wist, beschouwde ze schuldgevoel als een geestelijke afwijking.

'Ze probeerde gewoon een middenweg te vinden tussen haar loyaliteiten', zei ik.

'Wat een gesjoemel', antwoordde Franca. 'Wie meer dan één waarheid te vriend wil houden, is een opportunist of een lafaard.'

Met zo'n houding zou Franca het niet lang volhouden in de jungle, dacht ik. En elders ook niet, behalve bij haar radicale dierenvrienden.

'Angela en ik lagen elkaar wel', besloot ik.

In de afgelopen zomer hadden Angela en ik geregeld een paar uurtjes in haar camper aan de Kop van Helle doorgebracht. Het viel me tegen dat ze Beer Slykers ook op haar menu had gezet. Als het tenminste waar was wat onze kersverse voorzitter beweerde. Franca vermoedde misschien iets, want ze kreeg plotseling weer dat kantoortoontje in haar stem.

'Nog één vraag', zei ze. 'Jullie waren voorzitter en secretaris. Die vormen toch de spil van de OR. Gingen jullie overal samen naartoe?'

'Nee', antwoordde ik. 'Angela had het vak al in de vingers en ik moest het nog leren. Ze had me ongevraagd op de verkiezingslijst gezet. Ik vond het prima. In dat kantoortje van ons word je helemaal monomaan ... Daarom werk jij toch ook parttime? Wat doe je eigenlijk de rest van de dag?'

En ik durfde dat wel te vragen, met twee wodka's op mijn lege maag. Ik ben geen zuiplap, ik heb genoeg aan een paar borrels. Ik snap de studentenjool ook niet om elkaar onder de tafel te drinken. Alsof je met drank een pijngrens tart. Maar daar drink je juist niet voor, om pijn te lijden. Hooguit om pijn te verdoven. Franca lachte wat en verlegde haar blik naar de namaakvlammetjes in de namaakopenhaard.

'De rest van de dag? Hadden we het over bij de sollicitatie', zei ze. 'Staat ook in mijn dossier, ik doe de masteropleiding *Crisis and Disaster Management* ...'

Ik wilde doorvragen, maar de ober dook ineens op en vroeg of we nog iets wilden drinken. Dat kon, wat mij betrof, en we konden ook nog wel lunchen en daarna een wandeling maken door de duinen. De ober verpestte alles door een kaars in zo'n oud-Hollands bruingekleurd glas aan te steken. Franca pakte zijn arm en zei dat het niet nodig was.

'Daar zitten vetzuren in', verklaarde ze, 'uit beendervet van varkens.'

Ze negeerde mijn ironische blik en legde me uit: 'Dat doen ze erin om de rook bij het doven te verminderen.'

'Je hoeft die kaars toch niet óp te eten?' zei ik.

Dit keer was haar glimlachje minder warm.

'Laten we gaan', zei ze.

Het was half een.

Haar halve werkdag zat erop, hield ik me voor, terwijl ik met haar naar de auto liep.

Op kantoor maakte ik de zak open die Roman me had gegeven. Het was zo'n ding dat in supermarkten bij de diepvriesafdeling hangt en waarin je de bevroren spruiten een half uur op temperatuur kunt houden.

De rest van de dag bracht ik door met het negeren van alle binnenkomende telefoontjes. Roman dacht niet dat er een luchtje zat aan de zelfmoord van Angela. Mijn intuïtie zei het tegendeel maar ik had niet bijster veel poot om op te staan. Af en toe staarde ik naar de screensaver. Het was een aap die van de ene naar de andere kant op mijn beeldscherm sprong, in onzichtbare bomen klauterde en er steeds weer met een smak uit donderde. Ik voelde me sterk verbonden met het dier.

Ik dook steeds dieper in het dossier uit die vrieszak en liep vast in een kluwen van persoonlijke en zakelijke belangen. De naam Justin Plaat dook voor een buitenambtelijke tegenstander vaak op. Te vaak. Ik markeerde de handgeschreven verslagjes van gesprekken die Angela de afgelopen maanden met Justin Plaat en Jesse Vetboer had gevoerd. Er zaten twee brieven van de heren bij waarin faciliteiten werden aangeboden met de opvallende toevoeging 'persoonsgebonden'. Tegen zes uur was het me duidelijk waarom Angela die papiertjes in de diepvries had bewaard.

En ik begreep waarom onze OR zo verdomd weinig problemen had met die plannen voor het projectbureau en het masterplan HH. Daarom belde ik Oscar Glas. Hij was de enige die geen belang had in het masterplan, in het projectbureau of wat dan ook in Helzijl.

IV

Altijd wanneer Oscar op het gemeentehuis moet zijn, draagt hij een driedelig pak, ook al is het na werktijd. Voor het geval hij in een overleg met een van onze bazen terecht zou komen.

'Die slag hoef ik dan niet meer te winnen', verklaarde hij eens.

Hij gunde ze niet de geringschattende blik langs zijn vrijetijdskleding waarmee ze hem als een schooier zouden wegzetten.

Ik haalde hem op bij de receptie. Hij borg net een microscopisch kleine mobiel weg waarin alles zit wat hij nodig heeft. Daarover zei hij eens tijdens een OR-overleg tegen de sic: 'De mijne is kleiner dan de jouwe.'

Dat leverde de nodige verwarring op want de sic stamt nog uit een tijd dat de jouwe beter maar gróter kon zijn.

Ik nam hem mee naar de lege kantine en vertelde wat Roman me had toegespeeld. Ik haalde een paar flesjes bier uit de koelkast achter de balie. Dit keer niet met behulp van de moedersleutel maar met een flinke trap tegen de afsluitbeugel, die rinkelend op de plavuizen terechtkwam. Dat geluid deed me erg goed, en dat zal een gevolg zijn geweest van de shit die ik de afgelopen dagen voor mijn kiezen had gekregen. Ik legde meteen maar op tafel waar het om ging.

'Beer en zijn vrouw Fanny worden managers op het projectbureau HH en schuiven een paar salaristreetjes op. Staat in een memo van de sic aan Angela. Het zijn allemaal afspraken die zij met z'n tweeën hebben bekokstoofd. Jani wordt naar Resto's Exter gedetacheerd als PR-hoofd van de nieuwe schouwburg en wat er nog meer in dat gebouw komt. Susan blijft op Stadsontwikkeling maar wordt sectorhoofd. Ze hebben al een nieuw organogram gemaakt, compleet met een profielschets van de poppetjes die er komen te werken. Maar de initialen staan er gewoon bij gekrabbeld. Terwijl wij als ondernemingsraad nog bezig waren met de vraag of dat projectbureau HH er überhaupt moest komen.'

Oscar knikte instemmend en zette zijn flesje bier neer.

'Daar was Angela in het begin fel tegen', zei hij. 'Ze verwachtte er alleen maar stront van. Een instrument om Plaat en Vetboer te pleasen. Zo'n eigen projectbureau is natuurlijk makkelijker aan te sturen dan een heel gemeentehuis. Later draaide ze bij. Ik dacht dat ze de befaamde beginnersfout had gemaakt door beneden aan de trap te beginnen met vegen. Eerst kritiek leveren, dan nadenken, en dán pas een analyse van de feiten en omstandigheden maken. Wat kreeg zij toebedeeld?'

'Persoonsgebonden faciliteiten', zei ik. 'Meer staat er niet bij. Vraag me niet wat die inhielden maar het zal geen koekje bij de koffie geweest zijn. Angela was een schat maar ze vergat zichzelf niet.

Ze had er ook een vette job voor Roman uit gesleept', ging ik verder. 'Hij wordt algemeen directeur van de superdienst Security. Hij krijgt Seaport Helzijl en Helzijl Airport. Ik snap het wel. Hij heeft zijn langste tijd bij de marine erop zitten. Langer dan twintig jaar houden duikers het daar niet vol.'

'Dus dat was zijn pensioen en zijn doorstart tegelijk. Heeft hij dit ook gelezen, denk je?'

'Hij deed voorkomen van niet. Maar iemand die wordt geacht de dienst Security te leiden, haalt echt geen dossier uit een vriesvak zonder er even in te snuffelen, denk je niet?'

Oscar maakte een gebaar dat hij zich dat wel kon voorstellen.

'En kom jij nog ergens voor in dat geheel?'

Ik schokschouderde. Ik had mezelf nergens in die plannen ontdekt, kennelijk vond Angela dat Interne Veiligheid het hoogst haalbare voor me was.

'Nee, ik blijf op mijn post in de jungle.'

'Maakt Roman toch een mooie carrièresprong als instromer. Terwijl jij al de nodige ervaring hebt …'

'Of ze me voor hoofd Security te licht bevond? Het hemd is nader dan de rok, in dat soort gevallen. Met een paar cursussen bij zo'n duurbetaald opleidingscentrum kom je een heel eind.'

Dat Roman en ik van een marine-eenheid kwamen die bij uitstek in security operations was gespecialiseerd, zei ik er niet bij.

'En jij wist helemaal niks van al die mooie carrières?'

'Voor een gesprek met de sic of Personeelszaken gingen Angela en ik nooit met z'n tweeën', zei ik. 'Dit hier …' Ik wees naar de tas. '… is ook nooit ter sprake gekomen tijdens onze vergaderingen.'

'En ook niet als jullie bij Vetboer of Plaat gingen praten?'

'Bij die twee hotshots zijn we nooit op bezoek geweest', zei ik. 'Maar dat kan aan mij liggen. Ik zit pas een half jaar in de OR.'

'Hé, je voelt je genaaid, hè?'

Het was meer dan dat. Dat Roman de vetste happen waren toebedeeld, stond me niet bijster aan. Het ging me echter vooral om de reden waarom Angela me in de OR had gehaald en me meteen maar secretaris had gemaakt. Ik, de jan doedel die geen vragen stelde en zich aan het handje liet meevoeren. Een blind, doof en stom aapje dat met een paar wipjes in een camper tevreden was.

'Geen commentaar', zei ik zo effen mogelijk en ik propte een achtergebleven servetje in een houder.

Ik had geen zin om twee keer per dag mijn hart uit te storten. Oscar Glas liet het bij een vage glimlach.

'Corruptie is de grootste doodzonde in alle organisaties en komt het vaakst voor', zei hij. 'Corruptie houdt zich namelijk aan de wet van de kritische afstand. Die zegt: hoe groter de afstand, hoe slechter de mens. Werkt met tritsen: ik ben een warme persoonlijkheid, jíj kunt je handjes niet thuishouden, híj is een aanrander. Corruptie heeft hetzelfde patroon: ik ben een levensgenieter, jij bent makkelijk te beïnvloeden, zij laat zich omkopen. Van deugd naar zonde is maar twee stappen. Corruptie volgt altijd een glijdende schaal. In het begin merk je niet eens dat je plat gaat. Het begint met een gratis biertje en het eindigt met een businessclassticket naar een buitenhuisje op een Caribisch eiland.'

Tegen beter weten in zei ik: 'Misschien heeft ze op persoonlijke titel contact met Justin Plaat en Jesse Vetboer gezocht. Een individuele actie. Om het hele proces wat soepeler te laten verlopen.'

'Zou een strategie kunnen zijn', gaf Oscar toe. 'Als je alles officieel doet, gaan die mannetjes snel op hun strepen staan. De ondernemingsraad is nu eenmaal geen natuurlijke bondgenoot van lui die graag aan de touwtjes trekken. En Angela was een aantrekkelijke vrouw. In een haantjescultuur bereik je meer met ronde vormen dan met harde argumenten. Maar de resultaten zou je dan wel moeten bespreken in de OR.'

'Er is meer', zei ik en ik klopte op de zak. 'De andere stukken gaan over Seaport Helzijl. Alle aanbestedingen zijn binnen. Vetboer en Plaat hebben de kades al verdeeld onder de offshorebedrijven. Alles piekfijn geregeld. De huurcontracten voor kantoorruimte in dat activiteitencentrum zijn al opgesteld, terwijl die pandjes in het Visserskwartier nog moeten worden afgebroken. Er liggen zelfs offertes van schoonmaakbedrijven voor de kantoren! Angela was van alles op de hoogte. En over de verkoop van de muziekschool en de schouwburg waren ze aan het sjacheren met ...' Ik dempte mijn stem toen ik verderop in de gang een tochtdeur hoorde klepperen. '... Resto's Exter. Die lui hebben minstens de helft van het overgewicht in Nederland op hun geweten met die Onbeperkt Smullen Formule in hun wegrestaurants. Maar als het om ons personeel gaat, zetten ze hun geld ineens op afslanken. Niks onbeperkt smullen meer. Dit gaat ons heel wat banen kosten. En wat moet die Exterfamilie met een muziekschool wanneer hun corebusiness uit spareribs met frites en appelmoes bestaat? Angela heeft het allemaal op een rijtje gezet. En geen woord van protest!'

Ergens in het gebouw sloeg een lift aan, gevolgd door het gerammel en gekreun van de hijsinstallatie.

Oscar ging achteroverhangen en zei: 'Misschien moet je andersom denken! Angela heeft die twee megalomane denkers in haar zak gestoken. Ze heeft ze helemaal uitgemolken over hun plannen en allerlei inside-info afgetroggeld. Wat jij daar hebt, is goud waard. Angela wist exact waar die twee op afstevenden. Die hebben zich mooi in de kaart laten kijken. En je hoefde Angela niet te vertellen hoe ze daarvan gebruik kon maken.'

'Stel dat ze het allemaal heeft bekokstoofd met Beer en Jani en Susan. Denk je dan dat déze OR zich nog met hand en tand gaat verzetten?'

Oscar zette het flesje aan zijn mond en nam de tijd om na te denken.

'Stel dat Jani, Susan en Beer hun ziel níét aan de duivel hebben verkocht', zei hij daarna. 'Misschien kennen jouw OR-maatjes die mooie toekomst niet eens die Angela voor ze heeft geregeld. Althans, op papier geregeld. Misschien waren het alleen maar plannetjes van Angela en de baasjes Plaat en Vetboer. Misschien speelde Angela een spel met die twee en deed ze alsof. Bijvoorbeeld alsof ze de OR in haar zak had. Dan stond ze een stuk sterker om te bereiken wat ze wilde. Waarom heeft Roman jou eigenlijk dit materiaal gegeven?'

'Hij dacht dat ik wel in staat was om er de reden voor haar zelfmoord uit te halen.'

Door de glas-in-loodpanelen zag ik de liftdeuren openschuiven. Er stond een heel ploegje in de lift. Wie achterbleven kon ik niet zien, maar wie eruit kwam, werd duidelijk toen de klapdeur van de kantine opensloeg. Het was Beer. Hij was behoorlijk aangeschoten, wat vooral opviel toen hij zich aan de punt van een trolley stootte en deed alsof hij niks merkte. Hij bleef op een paar meter afstand staan en spreidde zijn armen.

'Hé, ouwe makkers', riep hij. 'Complotjes aan het smeden?'

'Jazeker', zei Oscar vrolijk. 'Kom erbij. Complotjes zijn de sjeu van ons werk.'

Beer gaapte en keek naar de flesjes bier voor ons.

'Achter de bar', zei ik. 'Deurtje is al open.'

Hij liep er min of meer gecontroleerd heen en kwam terug met in elke hand een tros flesjes tussen zijn vingers geklemd. Hij zette ze op de tafel en liet zich na deze krachtinspanning in een stoeltje vallen. De leuning hield het maar net toen hij behaaglijk onderuitschoof.

'Over complotten gesproken ...' zei hij en hij schopte tegen een ander stoeltje aan de tafel. 'Deze krengen hier zijn zo ontworpen dat ze na dertig minuten lage rugpijnen veroorzaken zodat niemand te lang over zijn lunchpauze doet. Kunnen we dat niet eens op de OR-agenda zetten?'

Inmiddels had ik Angela's dossier opgeborgen. Toen Oscar en ik ons flesje omhooghielden en een soort toost uitbrachten, boog hij zich voorover: 'Luister mannen, dit is heel erg off the record. Ik kom net uit het hoofdenoverleg. Ik zat er als OR-voorzitter, trouwens. Vetboer en Plaat zetten de vaart erin. Ze hebben een toezegging van het ministerie. Dat gaat de investeringspot voor de haven spekken. Eenderde komt voor rekening van het Rijk ...' Hij keek ons allebei zo indringend aan dat het leek alsof hij dat schip met geld zelf had binnengehaald. 'Vijfenveertig miljoen ... Op voorwaarde dat er binnen een half jaar gebouwd gaat worden. Dus het projectbureau krijgt nu de hoogste prioriteit. En de rest van het masterplan gaat in de hoogste versnelling door de commissies en de gemeenteraad heen.'

'En wij mogen achter de koets aan rennen?' vroeg Oscar Glas. 'Dan zullen ze ons wel heel beleefd moeten uitnodigen. Een bestuurder in tijdnood is een godsgeschenk, vooral als hij op gratis geld zit te wachten.'

'Als we te veel gaan vertragen, loopt Helzijl die zak geld mis', waarschuwde Beer.

'Exact! Dus voorlopig moeten Plaat en Vetboer door een mijnenveld ploegen', antwoordde Oscar en hij begon te grinniken. 'Nee, een térmijnenveld! Ze zijn verplicht aan de OR advies en instemming te vragen voor allerlei zaken. Eerder kunnen ze niet aan het werk. Daar liggen de kansen om onze zin te krijgen. Trouwens, we hebben wel meer wapens. Laat ze maar lekker zweten.'

Ik schoof de tas naar me toe en wierp een waarschuwende blik in Oscars richting. Hij had wel gelijk, ik zou ooit met die 'wapens' op de proppen moeten komen, om schoon schip binnen onze ondernemingsraad te maken en ook om Vetboer en Plaat het vuur na aan de schenen te kunnen leggen. Maar ik wilde eerst uitvissen of er iets tussen zat waardoor Angela het niet meer zag zitten om verder te leven.

'Laten we *asap* bij elkaar komen om te kijken hoe we de ontstane situatie te lijf gaan', stelde Beer voor. 'Deze week maar weer eens een dagje plannen?'

Hij kreeg al het air van iemand die doortastend en doelgericht de problemen te lijf gaat. Daar had de drank hem een stevig handje bij geholpen. En als hij zich klem gezopen had om Angela te vergeten, dan was hij daarin ook aardig geslaagd.

'Denk in die tussentijd na of je de arena in wilt, óf de markt op, óf naar het laboratorium', zei Oscar.

Beer zette zijn flesje aan zijn mond. Volgens mij had hij geen idee waar Oscar het over had.

'Of je wilt vechten,' verduidelijkte hij, 'of onderhandelen. Of samenwerken.'

Beer veegde met de rug van zijn hand zijn lippen af.

'*I don't give a damn*', zei hij.

Zelfs Oscar kon er maar een mager lachje uit persen.

'Hoe dan ook, Helzijl Hogerop moeten we in hapklare brokken verdelen', stelde hij voor. 'Jullie moeten je niet laten verleiden om dat hele project in één keer op je bordje te nemen. Stukje bij beetje ja of nee, als of tenzij zeggen. Ga nog eens terug naar de vraag of jullie achter dat projectbureau HH staan. En zo ja, dan ga je de criteria aanscherpen waaraan de gevolgen voor het personeel moeten voldoen. Vergeet trouwens niet om zo nu en dan op de werkvloer te informeren wat de achterban ervan vindt.'

Beer rolde met zijn ogen.

'Daar gaan mijn lunchpauzes.'

'Dat moet je onderling verdelen en eis maar extra faciliteiten bij de sic.'

'Grijpt hij gelijk naar zijn hart', zei Beer en hij zuchtte.

'Wie komt er eigenlijk in jullie OR bij?' vroeg Oscar.

Beer keek me een ogenblik aan voordat hij antwoordde dat hij de laatste kieslijst al had bekeken.

'Fanny Pal is de eerstvolgende in het rijtje', zei hij losjes.

Oscar incasseerde de mededeling met een neutraal knikje.

'Tof', zei ik.

Of Beer uit piëteit met Angela de meisjesnaam van haar opvolgster had genoemd, betwijfelde ik. Hij liet het liever aan zijn vrouw zelf over om de blikken van verstandhouding op te vangen zodra bekend werd dat zij de opengevallen plek ging innemen.

Daarna kondigde hij aan dat hij ging pissen. Oscar keek hem met een licht hoofdschudden na.

'Ik doe dit werk al heel lang', zei hij. 'Vroeger trainde ik vakbondsleden. Dan ging je vlak voor de cursisten staan en dan brulde je ze de bazentaal recht in hun smoel. Waar ze het lef vandaan haalden om eisen te stellen. En of ze nou helemaal besodemieterd waren om op de stoel van de baas te gaan zitten. Net zo lang totdat ze van ellende jankend de gang op vlogen. Die commandooefeningen hadden ze nodig om hun mannetje te staan. Aan watjes heb je niks. Met onze Methode bereiken we nu veel meer, maar af en toe ...'

Hij pakte zijn pen uit de binnenzak van zijn colbert en begon een schema te tekenen.

'Dan grijpt hij gelijk naar zijn hart', zei hij, Beers Limburgse tongval imiterend. 'Nou, ik heb geen medelijden met alles wat boven schaal dertien zit. Ze zijn aangenomen op stressbestendigheid en daar worden ze ook dik voor betaald. Huilverhalen verkopen ze maar op de Rotary.'

Hij schreef rustig door, wat me de kans gaf om zijn vulpen goed te bekijken. Angela had me ooit verteld dat Oscars bijnaam 'de huurmoordenaar' was. Hij werd er soms bij gehaald als er ergens een directeur moest worden weggewerkt. Zéí men. Slaagde hij daarin, dan kwam er een streepje bij op zijn vulpen. Oscar merkte mijn blik op en hield de pen voor mijn neus. Op de schacht blonk een serie gouden ringetjes.

'Hits?' vroeg ik.

'Geloof wat je wilt', zei hij. 'Ook de geruchten.'

Hij draaide de dop op de vulpen.

'Maar dit is een nuttig gerucht', voegde hij eraan toe. 'Dus daar gaan we niks aan doen. Weet je wat me bezighoudt?'

'Nee, ik geef het op', zei ik.

'Waar die sic van jullie eigenlijk op uit is. Hij blijft in dat hele dossier op de achtergrond, zeg jij? Dat is verdomd weinig voor een vent die alle grond onder zijn voeten voelt bewegen. Of bekokstoofde ze alles met hem? Wat doet hij eigenlijk om de touwtjes in handen te houden, of loopt hij mee aan het lijntje van Vetboer en Plaat?'

Het was een vraag die mij ook wel bezighield, maar ik verwachtte dat het antwoord er wel uit zou rollen wanneer we met hem in de slag zouden gaan over het masterplan HH.

'De sic komt vanzelf bovendrijven', zei ik.

'Zal ik die zak bewaren of heb je een kluis?' vroeg Oscar.

'Ik wil er nog een keer grondig doorheen harken', antwoordde ik. 'En ik heb ook een vriezer.'

'Laat je niet opfokken door vooroordelen', raadde hij me aan. 'Beperk je tot de controleerbare feiten. De mensen lezen veel te graag wat ze wíllen lezen en niet wat er staat. Begin altijd met de meest onschuldige verklaringen.'

Ik knikte onwillig.

'En even praktisch', ging hij verder. 'De Viersprong heeft me gebeld vanwege de kamer van Angela. Wat ze met haar spullen moesten doen ...'

'Laat ze die maar naar mij sturen', antwoordde ik afwezig.

'Heb ik ze al gezegd', zei hij. 'Per slot ben jij de OR-sic.'

Na het gesprek met Beer en Oscar besloot ik bij Jops Keet een avondhap te pakken. Het is de enige tent in Helzijl waar je na tien uur nog wat kunt bestellen zonder dat je er een linnen servet en dubbel bestek bij krijgt. En je mag er bier uit het flesje drinken.

Jops eettent ligt op de kop van de haven en heeft een klantenkring van gepensioneerde vissers, verdwaalde eenlingen zoals ik en vrouwen op leeftijd die de tv-programma's even achterlijk of lamlendig vinden als hun echtgenoten.

Tegen half elf passeerde ik de zeventiende-eeuwse kerktoren en het bedrijventerrein en de Oude Molen. Ik reed om het standbeeld voor de verdronken vissers heen en zette mijn wagen op de uitgestorven kade van het Binnenkanaal. Normaal rijd ik door tot vlak voor Jops Keet, maar ik wilde nu de nachtelijke stilte opslurpen om het gewoel in mijn hoofd tot rust te brengen.

Ik stopte de diepvrieszak onder de passagiersstoel. Ik had geen zin in de sarcastische opmerkingen die Jop op me af zou vuren als hij ook maar de minste indruk kreeg dat ik mijn eigen eten meenam. Hij zou minstens eisen dat ik liet zien wat erin zat.

Ik liep over de ophaalbrug naar het havenhoofd. Er lagen een coastertje en een stuk of wat spitsjes in het water te dobberen. Een baggerboot leunde scheef tegen de bijbehorende splijtbak. De grijper van de hijskraan hing bewegingloos boven het klotsende wateroppervlak. Ik vroeg me af wat er uit te diepen viel, als binnenkort de hele haven op de schop ging. De verlichting van de kustvaarder zette de haven in een oranjegeel licht. Een grillige wind trok voren over het water. Mijn voetstappen op de planken werden begeleid door muziekflarden die van het coastertje kwamen.

Iets verderop priemden de schijnwerpers van de sluizen over een woestenij van bergen zand en puin. De uitgestrekte terreinen achter de haven waren nu nog lege vlaktes met een paar hoekige loodsen, omringd door roestig hekwerk. Wat Vetboer en Plaat voor ogen stond was een landschap met olietanks, met kranen en buizen en een designhavengebouw, en dat alles omringd met NAVO-prikkeldraad en pasjespoorten, waar dag en nacht ploegen mannen en vrouwen opgewekt hun veiligheidshelm opzetten en aan het werk togen. Eerlijk gezegd wist ik niet wat me beter beviel. En als Jop mocht blijven, had ik er persoonlijk weinig last van.

Eenmaal binnen merkte ik dat de kou nog steeds niet uit mijn botten was verdwenen. Ik huiverde en ging bij een gaskachel aan het raam zitten. Jop had me al zien aankomen over de kade en knikte vragend naar de tapkraan met een winterbier. Ik stak mijn vinger omhoog en wees naar het menubord achter de toog. Er stond maar één gerecht op, onleesbaar in Jops hanepoten zodat ik niet wist wat ik bestelde. Het maakte ook niks uit, Jop maakte 's middags een eenpanspot en voor vijf euro kun je geen haute cuisine verwachten, maar ik was er nooit aan bekocht.

Ik pakte een huis-aan-huisblad en deed alsof ik me in al dat reclamenieuws verdiepte. Ik had geen trek in gesprekken met de andere gasten over hun huisdier of hun buurman of baas.

Zinnen uit het gesprek met Roman jaagden achter elkaar aan door mijn hoofd. Angela die geen slaapproblemen had … Maar ze had wel mijn medicijnkastje geplunderd. Het moest niet lang geleden zijn, waarschijnlijk op een van de laatste middagen dat ze me in haar camper naar huis bracht. Ik had haar weleens verteld dat ik wat hulpmiddeltjes nodig had om mijn slaap te pakken. Van zelfmoordplannen had ik niks opgepikt. Maar dat schijnt ook niet ongewoon te zijn. In welke nesten had ze zich dan gewerkt? Uit die vriesvakpapieren kreeg ik de indruk dat ze alles onder controle had. In de tijd dat ik haar kende had ze nog nooit haar hand overspeeld. Al zou ze gevloerd zijn in de machtsspelletjes met Plaat en Vetboer en misschien ook de sic, dan zou ze niet de zee in lopen. Angela groef zich dan in en kwam altijd wel ergens boven, desnoods via een ondergrondse tunnel. Ze kende de weg in de jungle beter dan de sic, die weliswaar haar baas was maar meer aan haar overliet dan hij waarschijnlijk zelf wist. Dat gaf haar ook meer macht dan de sic wist, maar ze manoeuvreerde daarmee net zo behoedzaam als met alles. Ze had die dossiers niet voor niets in het vriesvak verborgen.

Was Romans poging om de dood van Angela op junglestress te gooien niet een smoes om zijn eigen schuldgevoel te verdrijven? Hij was vaak maandenlang van huis. Hij moest het zicht op Angela hebben verloren. Liever dan zijn eigen onmacht te erkennen gaf hij de schuld aan een al dan niet bestaand onheil dat haar in de jungle had getroffen. Om nog maar te zwijgen over de onthutsende waarheid dat ze het niet de moeite waard had gevonden om met hem verder te leven.

Oké, Roman had recht op zijn eigen verklaringen voor de rottigheid die het noodlot hem door de strot duwde. Ik hoefde niet met hem mee te dwalen, hoe hij ook suggereerde dat het aan de jungle lag dat Angela een zeemansgraf had gevonden.

Jop zette een bord voor me neer.

'Kijk, blote billetjes in het gras', zei hij.

Ik keek automatisch naar de groenstrook onder het raam.

'Nee hier, snijbonenstamppot met witte bonen en braadworst', zei hij.

Ik grijnsde en gaf hem mijn lege glas. Toen hij terugkwam, loeide ergens een sirene. Jop keek uit het raam en haalde zijn schouders op. We bevonden ons in een buitengebied en de stadse perikelen hoorden wat hem betreft bij een ander planetenstelsel. Achter Jops Keet lagen alleen nog de buitenhaven en de massieve zeedijk. En daarachter een holle duisternis van een woelige zee met witte koppen op de golven. Ik at mijn bord mechanisch leeg en prikte in mijn tweede stuk braadworst toen de deur openging. Er verschenen twee agenten in de opening. Degene met de meeste strepen deed een pas naar voren, zette zijn handen als een scheepstoeter aan zijn mond en informeerde of de heer Ray Sol aanwezig was.

Vijf minuten later zetten ze me op veilige afstand van mijn wagen af.

Het blussen van een autobrandje kost minder dan een halve minuut. Met een hogedrukstraal wordt de fik eenvoudig uitgeblazen. Een paar drukken op een knop zijn voldoende. Er wordt zelfs met dit simpele brandweerwerk geadverteerd voor bedrijfsuitjes. Teamwork, spanning en jongensdromen, alles komt samen. Volwassen mannen en vrouwen gaan een brandende auto te lijf en krijgen aan het eind van de dag een oorkonde en vrij drinken. Wel op voorwaarde dat de benzinetank niet leegloopt. Dan kan de klus wel tien minuten duren en worden er schuimblussers ingezet.

Dat was het geval geweest bij mijn Volvo, die eruitzag alsof er een zeer lokale sneeuwstorm overheen was gegaan. In het licht van de bluswagen leverde dat een romantisch wintertafereeltje op, waarbij de wanhopige, gietijzeren visser op de achtergrond het heel goed deed.

Ik kwam aanlopen terwijl de brandweerjongens hun apparatuur opborgen. De agenten hielden discreet in en lieten me de laatste meters alleen lopen, alsof ik bij een terminale patiënt op afscheidsbezoek ging. Twee brandweermannen, met hun helmen op en persluchtmaskers nog aangesloten op de fles, tuurden voorovergebogen door een ingeslagen raampje. Ik maakte hun duidelijk dat ik de ongelukkige eigenaar was. Een van hen hief zijn in brandwerende lagen verpakte arm en wees naar de openstaande motorkap.

'Die hebben we eerst maar eens opengebroken want meestal zit daar het probleem. Van zo'n oud bakkie willen de elektriciteitsdraadjes weleens een beetje gammel wezen. Maar bij jou zat het probleem onder het dashboard. Sluiting, wedden? Daar zet ik mijn geld op.'

Ik knikte afwezig en stak mijn hoofd door het raampje naar binnen. Het stonk naar verbrand rubber en olie en verkoolde matten. Van de zitting op de passagiersstoel waren slechts een paar stukken opgekruld leer over. De zak met de vriesvakpapieren had daaronder gelegen. Er was niets meer van te zien. Ik leunde verder naar voren en tastte in de ruimte onder de passagiersstoel. Er lagen wat glasscherven. Ik deed de deur open, die nog steeds heet aanvoelde, en pakte er een. Ik veegde het roet ervan af en hield hem tegen het licht van een lantaarnpaal.

'Verbrandt aluminiumfolie snel bij zo'n fik?' vroeg ik.

De brandweerjongens keken elkaar aan. Ze hielden hun maskers op. Het was alsof ik met diepzeeduikers praatte.

'Aluminium smelt bij zeshonderdzestig graden', zei de een. 'Met een beetje pech haal je dat wel met zo'n binnenbrandje.'

'Maar dan moet je toch de resten terugvinden', zei ik.

'Had je daar soms een partij chocoladerepen liggen?' vroeg de brandweerman.

Ik schudde mijn hoofd en veegde mijn handen af. Een van de agenten kwam naar me toe en vroeg of de wagen kon worden opgehaald voor technisch onderzoek. Ik antwoordde dat ze hun gang konden gaan. Ik was benieuwd hoelang ze erover gingen doen om tot de slotsom te komen dat mijn bijna-oldtimer in de hens was gestoken met een ouderwetse molotovcocktail. Ik had ermee geoefend op lege tanks, tijdens de diensttijd. De glasscherf kwam niet van het raampje. In Volvo's van voor 1985 zitten geen groengetinte ruiten. En zeker niet met een Grolsch-logo in reliëf.

Ik gaf de agenten mijn adresgegevens en ze raadden me aan de volgende morgen meteen aangifte te doen. Ze verzekerden me dat slachtofferhulp dan nog voor het weekend contact met me zou opnemen. Ik liep om het monument heen, waar ik uit het zicht van de toegestroomde kijkers stond. Leunend tegen de voet van het monument bedacht ik dat ik de zaak had verpest en dat ik het in de schoot geworpen geluk binnen een dag had verkwanseld. En dat ik weer eens niet goed had opgelet, net als bij Frizo. Ik wreef over mijn maag, maar die weeë, knedende hand verdween niet. Ja, wat was misselijkheid eigenlijk precies? Soms hielp het om mijn eigen gewaarwordingen onder de loep te leggen. Alsof ik een chirurg was die zijn eigen buik openmaakte voor een kijkoperatie. Zolang de klacht niet was omschreven, had de klacht geen bestaansrecht. Zo redeneerde ik nog even door. Ten slotte leegde ik mijn maag in een afvalbak verderop.

Toen ik mijn ogen opendeed, ontdekte ik dat ik over de vrieszak had gekotst. Hij was onbeschadigd. En leeg, dat spreekt.

Daarna belde ik Franca op. De veiligheid van de jungle was in het geding. Ik legde haar uit dat mijn wagen het wel aardig zou doen op een kerstkaart-in-de-sneeuw maar verder onbruikbaar was.

'Kun je me ophalen?' vroeg ik en omdat ze aarzelde, voegde ik eraan toe: 'Dit is een mooie case voor je eindverslag Crisis and Disaster Management.'

Franca verscheen toen het karkas net werd opgetakeld door een bergingsbedrijf.

'Laten we weer naar Jop gaan', zei ik.

Toen ik binnenkwam, loodste ik haar naar de verste hoek. Ik vertelde haar wat ik in de papieren had gelezen en wat ermee was gebeurd sinds we uit de Grote Boet waren vertrokken.

'Dat was een beetje dom, hè?' zei ze. 'Dat leer je toch op de opleiding. Gevoelig materiaal hou je altijd onder handbereik. Je moet zijn gevolgd.'

Ik knikte en liet twee winterbiertjes komen.

'Is je dan helemaal niks opgevallen?' vroeg ze. 'Iemand moet toch hebben geweten waar je heen ging?'

Ik veegde een schuimsnor weg.

'Ik zit hier wel vaker te eten', zei ik.

Jop hoorde het, stak zijn vinger op en haalde het bord tevoorschijn dat ik had achtergelaten. Hij had het opgewarmd in de magnetron. De braadworst lag er dampend bovenop.

'Blote billetjes in het gras', zei ik tegen Franca.

Ze draaide haar hoofd weg.

'Lijkenvreter', mompelde ze.

Het bijdehandje in mij meende te moeten opmerken dat Jop die saucijzen zelf draaide van varkens die een goed leven hadden gehad.

'Lekker gescharreld in de buitenlucht, in echte modder enzo', verzekerde ik haar.

'Een uitvlucht om je geweten te sussen', bitste ze. 'Varkens die het goed hebben, die moet je juist laten leven, verdomme! Als je zo nodig de kannibaal moet uithangen, eet dan liever varkens op die toch al een rotleven hebben.'

Ik schoof mijn bord weg. Het schijnt dat vrouwen een beetje smelten wanneer ze op originele mannelijke kracht stuiten, dus legde ik mijn vinger tegen haar lippen en zei: 'Franca, een collega heeft zelfmoord gepleegd. Daar zit een luchtje aan. En ik weet dat in die zak te vinden was wat er zo stonk. Daarom heb ik een waarschuwing gekregen. Die bak van mij is in de fik gestoken en morgen ga ik daarvan aangifte doen. Dus alle verloven zijn ingetrokken. Jij blijft standby tot ik zeg dat je weer kunt gaan.'

Dat laatste klonk al wat minder stoer en dat ze echt smolt, kan ik ook niet beweren. Maar haar knikje en het besmuikte lachje dat even op haar gezicht verscheen, stemden me wel tevreden.

'Moet je Oscar Glas niet inlichten?' vroeg ze. 'En Roman?'

Als *crisis and disaster manager* deed ze het helemaal volgens het boekje. Alle betrokken personen meteen op de hoogte stellen.

'Goed plan', zei ik.

Ik zag niet in waarom ik mijn stommiteiten meteen aan iederéén moest vertellen en ging over op de belangrijkste vraag: 'Brand jij eens los, wie heeft er belang bij om die papieren te jatten en mijn antieke bak naar God te helpen?'

'Wie wist dat jij ze in je bezit had?'

'Roman, maar hij heeft ze me zelf gegeven. En Oscar, maar hij staat overal buiten. En Beer heeft die zak gezíen, maar of hij weet wat erin zat, is de vraag.'

'Blijft over, iedereen aan wie die drie hebben verteld dat jij ermee rondliep. Enig idee?'

Ik stak mijn vinger op naar Jop voor nóg een biertje.

'Gaan we ze dat op de man af vragen?'

De volgende ochtend kondigden de hooggehakte laarzen van Elisa 't Lam, de enig overgebleven secretaresse bij de concerntop, de komst van Vetboer en Justin Plaat aan toen ze uit de lift stapten. Terwijl ze door de gang liep, was het alsof ze voor de troepen uit paradeerde. In de jungle werd ze de gelaarsde kat genoemd.

Ze bracht hen naar de kamer van de sic, waar we ons met een stuk of twintig jungledieren hadden verzameld. Op zijn teken liepen we gezamenlijk naar de parkeerkelder. Gadegeslagen door de werkende collega's voelde ik me alsof ik al in de processie achter de kist liep.

Franca liep naast me. Ze had zich voor deze gelegenheid in een antracietgestreept mantelpakje gestoken, waarover ze een kort jasje met een harig kraagje droeg.

'Nepbont', zei ze meteen, toen ik er met mijn hand langs streek.

Zelf had ik mijn Italiaanse, zeegrijze winterkostuum plus bijbehorende overjas uitgekozen. Angela was gek op mannenpakken, het liefst met gesteven overhemden, had ze me ooit toevertrouwd, en zacht knisperende zijden dassen en blinkende manchetknopen.

In de parkeerkelder ontstond verwarring over wie bij wie in de auto meereed. Franca en ik kwamen in de SUV van Justin Plaat terecht. Ik liet haar de passagiersstoel en ging zelf achterin zitten, hoewel er genoeg plaats voorin was. Uit mijn ooghoeken zag ik Beer Slykers en zijn vrouw Fanny bij Vetboer instappen. Susan Perdu en Jani Koss reden met de sic mee. Misschien was het toeval, maar we waren nu mooi verdeeld over de lui die het voor het zeggen hadden bij het plan Helzijl Hogerop. We vertrokken in een colonne van acht wagens.

Justin Plaat maakte er geen geheim van dat Angela's dood hem zwaar had aangegrepen. Hij zweette hevig, hoewel het buiten niet warmer dan vier graden was en de harde wind de gevoelstemperatuur naar het vriespunt blies. De verkeersdrempel bij de uitgang nam hij met zo'n hoge snelheid dat zijn getinte bril van zijn neus schoof.

'Hoe hoorde u het nieuws?' vroeg Franca.

'Laten we elkaar maar tutoyeren', zei hij, voor zich uit starend naar het natte asfalt.

In overlegsituaties spraken de OR-leden en de bestuurders elkaar met u aan, een gouden regel die Oscar had aangeraden strikt vol te houden. Onder het motto: afstand is je beste vriend.

'Natuurlijk', zei ik zo warm als ik kon opbrengen.

'Ik werd door de sic gebeld', zei hij.

Franca humde wat.

'Vorige week woensdag hebben Angela en ik nog uitgebreid een paar zaken besproken', ging hij verder. 'Toen was er niets aan de hand. En maandag spoelt ze aan op de Kop van Helle!' Hij schakelde driftig naar zijn vier en verzuchtte: 'Wat een kloteplek om dood te gaan, sorry dat ik het zeg.'

Hij wierp een blik op Franca, die het zonneschermpje omklapte en met de punt van een papieren zakdoekje haar eyeliner bijwerkte.

'Het geeft niet', zei ze. 'Iedereen uit zich op zijn eigen manier. En je doet het nooit fout als je je gevoel volgt.'

Langs het hoofd van Plaat, dat hevig knikte bij zo veel wijsheid, zag ik dat we het monument voor de verdronken vissers passeerden. Het was al schoongemaakt. Via het opmaakspiegeltje zocht Franca mijn blik.

Tijdens de dienst deed iedereen wat er gedaan moest worden – snikken, zwijgen, neus snuiten en ontroerd glimlachen. De sprekers zeiden wat er gezegd moest worden – mysterie, tragiek en accepteren. En iedereen luisterde naar Angela's lievelingsrepertoire – in dit geval de keuze van schoonzus Mylène. Ze had duidelijk de touwtjes bij de familie in handen genomen en had me een plaats op het uiteinde van een bank gewezen, waar ik tijdens de toespraken in schemerige gedachtekringetjes wegzakte. Als Franca niet geregeld haar benen over elkaar had geslagen of zo dicht tegen me aan was gaan zitten dat ik haar lichaamswarmte voelde, dan had ik me er tamelijk verloren gevoeld. Eén nummer verraste me. Het was 'The Future' van Teddy Thompson, dat Angela opzette als we door het bovenluik van haar camper naar de wolkenlucht keken. Ze had de opzwepende beat nodig om weer op gang te komen. De tekst is een grabbelton van levenswijsheden en ik ving een paar flarden op, die prompt in mijn hoofd gingen spoken. *It is murder* en *love is the only engine to survive*. Als beide zinnetjes ook maar enige waarheid bevatten, spraken ze elkaar tegen. Angela had genoeg aan de liefde gedaan om het zeven levens uit te houden.

Na de dienst schuifelden we naar een nabijgelegen restaurant, waar de familie zich in een fuikformatie bij de ingang had opgesteld.

Zoals ik had verwacht negeerden de ouders van Frizo mijn uitgestoken hand, met neergeslagen ogen. Ze zijn van een strenge kerk en zondaars die geen schuld bekennen, hebben geen recht van bestaan. Mylène had niet de moed me te negeren, of ze was van haar geloof gevallen. Ze gaf me een halfslachtige zoen in mijn hals. Romans gezicht stond strak als een trommelvel en hij schudde iedereen de hand met die half aanwezige blik die ik zo goed van hem kende. Het was dezelfde blik waarmee hij indertijd op de briefings van ambtenaren van de Dienst Terrorisme Bestrijding liet merken dat hij er alleen maar zat omdat het een dienstorder was. Ik omhelsde hem en hij mompelde wat onverstaanbaars in mijn oor.

Ik liep het restaurant binnen en pakte een kop koffie van een tafel. Franca bleef bij me staan. Ik tikte mijn kopje tegen dat van haar. Een paar seconden keken we elkaar aan. Een zwaaiende hand in de andere hoek van de zaal leidde me af. Het was mijn duikmaat Ties Pletter, die altijd een zwak voor me had gehad, ook ná Frizo. Naast hem stond de man die Mylène als Romans nieuwe buddy had voorgesteld, Ted. Ik salueerde naar Ties, keurig met de handpalm naar beneden en hij gaf een okeetje terug. Vanuit mijn ooghoeken zag ik Justin Plaat naderen.

'Ik vind het onbegrijpelijk', zei hij. 'Zo snel als alles gegaan is …'

Hij haalde een speculaasje uit een cellofaantje en stak het in zijn mond. Even leek het of hij het wilde uitspugen, maar hij begon er stevig op te kauwen. Omdat hij onophoudelijk met zijn ogen knipperde, kreeg ik de indruk dat hij met zijn malende kaken zijn tranen in bedwang hield. Franca had dit keer geen tegeltjeswijsheid paraat en ik verbaasde me over Plaats emoties. Met z'n drieën werden we een enclave van stilte in een steeds groter gezelschap dat ernaar snakte het gewicht van de dood van zich af te schudden. Het gaat er bij die funeraire afterparty's altijd zo onweerstaanbaar vrolijk aan toe dat je wel tot de conclusie moet komen dat de mensensoort maar verrekt weinig genetische aanleg heeft om langer dan een uurtje diep te rouwen. Ik wachtte tot Roman langs ons liep en hield hem tegen aan zijn mouw.

'Ga mee, pissen', fluisterde ik.

Franca hoorde het maar slurpte onverstoorbaar haar koffie naar binnen.

'Ben zo terug', zei ik.

Op de wc's was het te druk. Roman knikte naar een deur waarop PRIVÉ stond. Ik liep achter hem aan. We kwamen terecht in een opslagruimte waar kratten frisdrank tegen een rvs-biertank waren gezet. De koeling bleef doorzoemen nadat de tl-balken waren aangeschoten.

'Én?' vroeg hij. 'Heb je een houvast uit die zak gevist dat het begrijpelijk maakt?'

'Ze was in allerlei spelletjes verwikkeld', zei ik. 'Ik was nog met dat dossier bezig, maar iemand vond dat een slecht idee.'

Ik legde hem uit dat er geen dossiers meer waren en dat ik mijn wagen ook kwijt was. Hij beperkte zich tot een misprijzend hoofdschudden dat zowel op mijn onvoorzichtigheid kon slaan als op de brandstichtende dief.

'Enig idee wat er zo interessant kon zijn in die papieren?' vroeg ik.

'Voor wie?' was zijn wedervraag.

'Elk voorstel is welkom', zei ik maar hij wuifde het onderwerp weg.

'Dan moeten we maar leren leven met onbeantwoorde vragen', zei hij mistroostig.

'No way', zei ik. 'Iemand wilde niet dat ik in die vriesvakpapieren dook. Dat vraagt om actie.'

Hij leek op te kikkeren van mijn vastberadenheid.

'Hé, je zei toch dat Angela in De Viersprong een spoedje had gekregen?'

Ik knikte.

'Maar ze zei niet van wie? Of hoe? Of waarover?'

Ik schudde mijn hoofd, hoewel ik het hem allemaal al had verteld.

'Als ik je een naam noem,' zei hij, 'zoek jij dan voor me uit wie het was en waarom ze halsoverkop naar de Kop van Helle moest?'

'Goed', zei ik.

'Een zekere Fan.'

Zijn blik kreeg de actiealertheid van vroeger.

'Je moet haar kennen', zei hij.

'Klopt, en Angela kende haar ook', zei ik. 'Fanny Slykers werkt bij ons op het gemeentehuis. De vrouw van Beer. Hoe ben je bij haar terechtgekomen?'

Hij trok een plastic mapje uit de binnenzak van zijn pak en hield het onder mijn neus.

'Jij en ik hebben geleerd om dóór te schakelen. Dit is een memo-papiertje van de dienst van die Fan, Economische Zaken. Kun je het lezen?'

Ik hield het omhoog in het tl-licht. Het was een handgeschreven briefje. De letters waren uitgelopen, zodat ik niet kon ontcijferen wat er stond.

'Zat in de kleding die Angela aanhad', zei Roman ongeduldig. 'Ik heb het gisteravond onder de uv-lamp gelegd. Het is een uitnodiging van een zekere Fan om met haar te praten. Maandagmiddag om vijf uur. Tóén, dus.'

'Waarom breng je het niet naar de recherche?'

Hij trok zijn gezicht tot een grimas.

'Ze hebben het bekeken en teruggegeven. Ik mocht het zelf uitzoeken.'

'Staat erbij waar de afspraak was?' vroeg ik.

Hij drukte zijn wijsvinger op de onderkant, waar het papiertje tot een grijze smurrie was geplet.

'Dáár. Onleesbaar, maar je hoeft geen genie te zijn om er de plek bij te bedenken. Luister, er werkt dus maar één "Fan" bij jullie in de jungle.'

Omdat ik niet antwoordde, ging hij verder: 'Misschien weet zij waarom Angela de zee in is gelopen.'

Het was de wanhoop in zijn stem. En het was die band die altijd blijft omdat je elkaar ooit je leven hebt toevertrouwd. En ook was het mijn onmacht om te geloven wat iedereen zo makkelijk geloofde over Angela.

'Oké', zei ik. *'No burden.'*

Voor het eerst die dag brak door Romans rouwmasker een glimp van bevrijding, een teken van die goeie ouwe Roman die ik zo lang kwijt was geweest dat ik dacht dat hij net zo onbereikbaar als zijn verdronken broer zou blijven. Ik miste ze allebei, nog steeds, en het was alsof er een spoortje terugkwam van dat vanzelfsprekende vertrouwen dat je elkaar niet in de steek laat als het moeilijk wordt.

'No burden', ons codewoord. Want de ambtenaren van Terrorismebestrijding konden lullen wat ze wilden, wij deden het werk onder water. En daar maakten wij de dienst uit dus deden we pas wat zij zeiden als we elkaar hadden verzekerd dat er 'no burden' was.

'Hé, vraagje', zei ik terwijl we terugkeerden. 'Heb jij die dossiers uit jullie vriesvak zelf ook doorgeworsteld?'

'Geprobeerd', zei hij. 'Maar ik snapte er geen reet van wat jullie daar aan het rotzooien zijn.'

'Er stond een mooie toekomst voor je geschreven', zei ik.

'Voor mij was het één grote glazen bol', antwoordde hij.

In het restaurant werd Roman meteen door Mylène onder haar hoede genomen en naar de uithoek gemanoeuvreerd waar de condoleances werden gedaan. Ik zocht Franca op, die in gesprek was geraakt met onze sic. Hij schudde me de hand en zei dat haar dood voor ons allemaal een grote slag betekende.

'Het klinkt afgezaagd', zei hij. 'Maar we moeten verder … Ray, er gaan geruchten. Je kunt ze zelf bedenken. Iedereen zoekt een verklaring voor het waarom. En soms gaat er een verder dan het fatsoen toelaat. Het is misschien niet de tijd en plaats hier, maar in de geest van Angela zou ik je willen vragen om er niet te veel aandacht aan te geven. Ze zocht rust, die verdiende ze ook. Laten we die haar geven, oké?'

'Absoluut', antwoordde ik met zo'n overtuiging dat Franca me in mijn arm kneep.

'We moeten haar loslaten, Ray, kun je dat?'

Hij keek me oplettend aan.

'Net zoals ze ons heeft losgelaten', zei ik.

Hij gaf me een paar seconden om er iets aan toe te voegen. Ik zweeg.

'We zullen elkaar vaker zien, de komende tijd', zei hij daarna. 'Er wacht een hoop werk, ook voor de OR ... Ik hoop dat we opbouwend met elkaar kunnen omgaan.'

Van gelegenheidspraat word ik een lompe vlegel.

'Als de adviesstukken maar op tijd op ons bordje liggen', zei ik. 'In De Viersprong moesten we overuren maken om de nagekomen berichten door te nemen.'

De ogen van de sic schoten weg. Jesse Vetboer stond achter me en stak zijn hand tussen Franca en mij door.

'Ik moet weg, Godfried', zei hij.

De sic schudde hem de hand.

'Onze stukken voor de OR leveren we heus wel op tijd in bij onze sic hier', zei Vetboer tegen mij en hij stootte de sic aan met een gezicht alsof hij een goede mop vertelde: 'Maar hij kijkt natuurlijk wel eerst of het allemaal door de beugel kan wat wij hebben neergeklad!'

Hij was duidelijk opgelucht nu de tijd om te rouwen voorbij was en hij weer aan het werk kon. De sic tuitte zijn smalle lippen en liet het bij een zwijgend hoofdschudden. Hij was als kind zeker vaak gepest.

'Vergis je niet in hem', zei Vetboer tegen Franca. 'Hij is de man die alles weet.'

Zijn hinnikende lachje trok de aandacht van Justin Plaat, die met een verstoord gezicht op ons afkwam.

'Rijden jullie mee terug?' vroeg hij.

We haalden onze jassen uit de garderobe. Daar troffen we Beer en Fanny Slykers, die zich opmaakten om afscheid van Roman te nemen. Plaat passeerde hem zonder een woord of een blik van herkenning, wat me verbaasde. Fan gaf de kersverse weduwnaar een dramatische omarming. En Roman speelde het spel mee door haar stevig tegen zich aan te drukken en mij een blik van verstandhouding toe te werpen.

Op de terugweg hing een zware stilte in de Chrysler. Justin Plaat was een man die zijn brede lichaam graag gebruikte om zijn aanwezigheid kenbaar te maken. Nu zat hij erbij als een slaapwandelaar en leek het wel of hij was gekrompen in die anderhalf uur. De gebruikelijke ontlading na de rouwdienst en de lichtzinnige stemming in het restaurant hadden geen vat op hem gekregen.

'Om wie of voor wie deed ze het?' vroeg hij zich ineens hardop af toen we bij een stoplicht stilstonden.

Franca zat weggedoken in haar nepbontje en leek over een antwoord na te denken.

'Wie deed wat?' vroeg ik.

Hij maakte een gebaar van hopeloosheid, wat ook op het groepje fietsers kon slaan dat zich voor de auto wurmde.

'Je gaat niet zomaar in het water liggen', zei hij en zijn stem klonk even grauw als het wolkenpak dat van zee kwam aanrollen.

'Nee', zei ik. 'Daar heb je moed voor nodig.'

'En een verdomd goeie reden', zei hij, maar op zo'n mismoedige toon dat hij het leek te betwijfelen of hij daar ooit achter zou komen.

'Daarvan heeft ze nooit iets laten merken', zei ik.

'Ze werkte zich drie slagen in het kwadraat voor die teringtent van jullie', zei hij. 'Ze moet problemen hebben gehad. Maar welke? Ik heb niks gemerkt.'

Hij drukte zich niet zo ambtelijk uit maar het klopte. Angela leed aan twee ziekten: werkverslaving én perfectionisme. Als ze haar kantoor langer dan vierentwintig uur moest missen, begon ze onthoudingsverschijnselen te vertonen. Bij het volgende stoplicht nam hij de moeite zich om te draaien en mij aan te kijken.

'Is ze ooit afgehaakt?' vroeg hij. 'Afgebrand, opgebrand of hoe dan ook naar huis, naar de psych en met een portie pillen een paar maanden op non-actief?'

'Geen idee', zei ik. 'Daar gaat Interne Veiligheid niet over.'

Natuurlijk had ik in haar dossier gekeken. Angela werd pas gek als ze níét kon werken. De vakantiedagen die ze had opgespaard waren goed voor een paar jaar sabbatical.

'Angela wist altijd waar ze het over had', zei Plaat. 'Jullie gaan haar missen!'

Grimmig trok hij op. Maar binnen een paar seconden zette hij de wagen op de eerste parkeerplaats die we tegenkwamen. Hij greep het stuur vast en liet zijn hoofd vooroverzakken. Ik dacht dat hij een hartaanval kreeg en tastte al naar de portiergrendel. Franca beduidde me echter te blijven zitten. Toen ik Plaat met verstikte stem hoorde zeggen dat het oké was, liet ik me weer achterovervallen.

Terwijl Franca in het dashboardkastje rommelde, op zoek naar een pakje tissues, keek ik naar de schokkende schouders van Plaat. Geld en macht maken de krankzinnigste reacties los, maar de dood kan er ook wat van. Ik probeerde te bedenken wat hem zo geraakt kon hebben. Misschien was het wel de gedachte dat hij zelf ook zo ineens kon ophouden te leven. Franca en ik zwegen totdat hij een paar maal hartgrondig vloekte en de wagen weer startte.

Bij het wegrijden schampte hij een stenen paaltje dat de vierkante meter grond rond een zieltogende acacia afbakende. Het leek hem niet te deren. Toen hij ons bij de jungle afzette, gaf hij Franca een kus en schudde mij langdurig de hand. Ik wenste hem sterkte en ik meende het voor minstens vijftig procent. Hij zat emotioneel op een glijbaan en dan hoef ik niet zo nodig te scoren.

'Hij is echt gek op Angela geweest', zei Franca toen we de jungle binnengingen. 'Die man heeft zo veel verdriet ...'

'Misschien', antwoordde ik, vooral omdat ik niet wilde geloven dat Angela er nóg een minnaar bij had gehad. 'Of het was een oud verdriet om iemand anders. Dat komt ook altijd bovendrijven als je een dode wegbrengt.'

En omdat ik in dat verrekte dossier over zijn onderonsjes met Angela had gelezen, voegde ik eraan toe: 'Hij heeft zijn contact in de OR, met wie hij hoopte goeie zaken te doen, verloren. Nou moet hij samen met Vetboer flink aan de bak om zijn plannen aan ons te slijten.'

'Nee, hij heeft liefdesverdriet om haar', hield ze vol. 'Dat is zo sterk, daarbij verbleekt alles.'

De sic kwam later die middag naar mijn kantoor en legde een pak papier op mijn bureau. Spoed, stond erop.

'Voor de OR', zei hij. 'Het gaat hard nu, dit zijn nog een paar aanvullingen bij het plan voor het projectbureau.'

'Hoe sta jij daartegenover, Godfried?' vroeg ik.

Het was de eerste keer dat ik hem bij zijn voornaam noemde, eigenlijk de eerste keer dat ik hem überhaupt met een naam aansprak.

'Wij zijn aangesteld om er geen mening over te hebben', zei hij. 'We voeren het besluit van de gemeenteraad uit.'

Bij dit soort uitspraken is de toon beslissend. De sic klonk zo opgewekt dat ik concludeerde dat het projectbureau HH zijn zegen had.

'Gaat het verder?' vroeg hij.

Hij knikte alvast begrijpend. Ik geloofde dat hij een vaderlijke indruk trachtte te maken, maar dan was hij bij Franca aan een beter adres.

'Had Angela volgens jou een reden?' vroeg ik, voortborduredend op ons gesprek in het restaurant.

Hij ging op de rand van mijn bureau zitten.

'Iedereen heeft geheimen', zei hij. 'Al was het alleen maar omdat je er anders een dagtaak aan zou hebben om alles wat je weet of wat je denkt met anderen te delen. En ook omdat we in wezen alleen staan in deze …' Hij keek mismoedig uit het raam naar het Koninginneplein.

'… jungle', zei ik.

'Precies', zei hij. 'Dat is het goede woord. Jungle.'

Hij was een van de weinigen die de bijnaam van ons gemeentehuis niet kende. Hij bedoelde die gevreesde existentiële eenzaamheid die opspeelt als de drank of de dood hebben toegeslagen. Van de sic ging het gerucht dat hij ooit getrouwd was geweest met een vrouwelijke marineofficier en dat hij daarna van zijn werk zowel zijn hobby als zijn huwelijk had gemaakt.

'*It is lonely at the top*', zei hij en hij liet zich van mijn bureau glijden.

'Je hebt gelijk, maar top en bottom zijn hier tot elkaar veroordeeld.'

Zijn ogen lichtten even op achter zijn montuurloze bril.

'Wat betreft de ambtelijke zaken dan', zei hij. 'Maar ik zal je niet langer ophouden.'

Ik bekeek de inhoudsopgave – en niet meer dan dat – en belde daarna Oscar Glas. Hij maakte er geen punt van om ons de volgende dag een uurtje of wat van adviezen te voorzien. We spraken af dat hij rond drie uur bij ons zou zijn en ik reserveerde een vergaderkamer. Het zou Susan, Jani en Beer hun vrijdagmiddag kosten.

'Over de vriesvakpapieren heb ik slecht nieuws', zei ik. 'Die zijn gepikt of tot as vergaan.'

Ik vertelde hem over mijn auto, die niet bestand was tegen een flesje bier met benzine en wat olie.

'Er loopt iemand rond die er wel iets voor over heeft dat die afspraken met Angela de doofpot in gaan', zei ik. 'En met die persoon wil ik dolgraag een afspraak.'

'Als het geen domme auto-inbraak was, kom je die vanzelf wel tegen', oordeelde hij. 'Iets wat stinkt, ga je vanzelf weer ruiken. En dan weet je meteen in welke richting je moet zoeken.'

Daarna hield ik me bezig met dat memootje dat Roman me gegeven had. Ik logde in bij de masterserver van de jungle, een van de voorrechten van Interne Veiligheid. Een check in de digitale bureau-agenda van Fanny Slykers leverde op dat ze afgelopen maandagmiddag geen enkele afspraak had gepland.

Daarna keek ik na hoe laat ze zich had afgemeld in het tijdschrijfsysteem. Dat is een mooiere naam dan prikklok en veel effectiever ook. Je moet niet alleen noteren hoe laat je het gebouw binnenkomt en verlaat, maar ook wat je per kwartier uitvoert.

Om half vijf was Fanny Slykers de deur uit gegaan. Ze had niet meer dan een half uurtje nodig om door de spits bij de Kop van Helle te komen. Dus kon ze er om vijf uur zijn. Maar die berekening bewees natuurlijk niks.

Wat me wel iets zei, was de vergelijking met alle andere dagen. Sinds het systeem was ingevoerd, ongeveer anderhalf jaar geleden, was ze nog nooit voor zes uur vertrokken.

V

Interne Veiligheid heeft een contactpersoon op het politiebureau. Met haar bespreek ik de agressieve telefoontjes, haatmails, doodsbedreigingen en ander ongerief dat onze brave ambtenaren over zich heen krijgen. Het alarmsysteem waarmee het baliepersoneel rechtstreeks de politie kan waarschuwen als er een woedende burger door het lint gaat, was ons laatste overleg-item. Ze hielp me uit de droom dat die maatregel ook maar enig nut heeft, zolang een patrouillewagen er minstens een kwartier over doet om te hulp te schieten.

Dat alarmsysteem was een doekje voor het bloeden, liet ze weten en wat dat betreft zaten we op één lijn. Omdat ze net als ik veiligheid als een amusementsproduct zag, durfde ik de volgende ochtend wel langs te gaan op het hoofdbureau en haar te vragen mij een blik te gunnen in het politiesysteem waarin alle pv's worden opgeslagen.

Op het hoofdbureau werken ze net zo gezellig als overal langs elkaar heen, dus moest ik haar eerst uitleggen wie Angela Marskramer was en dat haar dood zo onverklaarbaar was dat ik de processen-verbaal van bevindingen wilde inzien van de agenten die haar hadden gevonden. En van de lijkschouwer.

Misschien zag ze in mij een lotgenoot die zich net als zij elke ochtend door een brei aan emails en andere mededelingen moest werken, want ze draaide me meteen haar monitor toe. Ze legde haar vinger tegen haar lippen, kondigde aan om koffie te halen en liet me alleen met het beeldscherm.

Tussen de regels in de pv's las ik de werkdruk. De agenten en de opgeroepen rechercheurs hadden een routineonderzoek verricht in de omgeving van Angela's lijk. Ik zag niets staan over een gloednieuwe polsboei of een klimhaak.

De gemeentelijk lijkschouwer had een uitgebreid rapport gemaakt, maar ook hij kwam niet tot alarmerende conclusies. Het lichaam vertoonde geen opvallende beschadigingen, constateerde hij. Hij beschreef de snijwonden in Angela's enkels en ontdekte ook een verwonding op haar achterhoofd. Een sectie op het NFI was niet nodig, oordeelde hij. De agenten deden het voorgeschreven belletje naar de officier van justitie, die er geen been in zag het lichaam vrij te geven. Zelfmoord. De agenten hielden het geval voor gezien, typten hun pv van bevindingen uit en reden naar de volgende klus.

Ik vroeg aan mijn liaisonofficier of die verwondingen niet alle alarmbellen lieten rinkelen.

'Zou een geval van vals alarm kunnen zijn', liet ze weten. 'We krijgen ze wel erger toegetakeld binnen. In zee is een drenkeling een speelbal. Het slachtoffer wordt meegenomen door een golf, raakt verstrikt in een vissersnet of blijft haken achter een stuk kabel. In de branding wordt het lichaam steeds opnieuw tegen de dijk gesmeten en uiteindelijk ziet het eruit alsof een groep hooligans heeft afgerekend met een tegenstander.'

Ik bedankte haar en reed naar de Kop van Helle. Daar zocht ik tussen de basaltblokken naar de klimhaak. Het was eb en er was vol daglicht, dus ik had het makkelijker dan de eerste keer. Toen ik na een half uur nog steeds niks had gevonden, begon ik mijn onzorgvuldigheid te vervloeken om geen merkteken bij de vindplaats van de klimhaak te zetten.

Ik dwaalde nog een half uur langs dat korte strookje basaltblokken en kon geen spoor meer ontdekken. Uit ervaring wist ik dat je zo'n dingetje makkelijk over het hoofd ziet, dus ik bleef zoeken tot ik tot mijn knieën in het water stond. Tevergeefs. Daarna reed ik in een pesthumeur terug naar de jungle, waar Oscar Glas op ons wachtte.

'Is bij jullie de gedachte voorbijgekomen dat het projectbureau HH een verkapte reorganisatie is?'

Oscar Glas maakte een aantekening terwijl hij ons liet nadenken. We waren doorgegaan op het punt waar het bericht van Angela's dood ons had overvallen. Oscar had de volgekalkte sheets meegenomen waarop we onze bullets hadden gezet. We hadden nog eens een half uurtje doorgebraind over de voorwaarden waaraan het projectbureau moest voldoen.

Er viel een stilte waarin ik Oscar naar Fanny zag gluren.

'Waarom zou de sic zo'n omweg maken?' vroeg Susan ten slotte.

'Omdat we te klein zijn voor een mobiliteitsproces', zei ik. 'Bij ons kun je de kneuzen niet blijven rondpompen tot ze met pensioen gaan. Na een jaartje of wat is de cirkel hier al rond.'

'Maar ze kunnen toch niet de hele stad verbouwen om een paar ambtenaren te lozen?' vroeg Jani Koss.

'Natuurlijk niet, maar het gaat niet alleen om de zwakke broeders en zusters', zei Oscar Glas. 'De lastige types kun je dan ook mooi dumpen.'

'Hoe gaat dat dan?' vroeg Jani.

'Wie? Dat is een betere vraag', zei ik.

'Daar kom je pas achter als de storm is gaan liggen', zei Beer en hij trok zijn ooglid even naar beneden.

Ik wilde opmerken dat het dan te laat was maar Oscar greep in.

'Het gaat net zoals bij de gymles vroeger', zei hij. 'Toen de partijen werden gekozen door de twee besten van de klas. Wat overbleef, moest op de bank zitten wachten. Zo gaan ze het bij Bouwzaken, Stadsontwikkeling en Economie ook doen. En jouw dienst Publiciteit. De kwaliteit afromen voor dat projectbureau HH en het restant wordt door elkaar gehusseld om de lopende zaakjes af te handelen. Moet je eens kijken hoe hard de tent leegloopt. En je hoeft ze geen gouden handdruk te geven.'

Nu werd het interessant om te peilen wie er van dit gezelschap zin had om naar het projectbureau te verkassen. Iemand wellicht met roet aan zijn handen.

'Onzin', zei Fanny Slykers tot mijn verbazing.

Ze keek op van de stukken die ze al die tijd had zitten bestuderen.

'Er zijn er genoeg die willen blijven waar ze zitten. En als het hele project Helzijl Hogerop achter de rug is, komen de gedetacheerde collega's weer terug en dan moeten ze maar afwachten of hun oude posities nog vacant zijn.'

Het was de eerste keer dat ze het woord nam nadat ze was voorgesteld als het nieuwe lid van de ondernemingsraad. Ze zat tegenover me en had tot dat moment door de stukken geneusd.

Oscar Glas veerde op.

'Mooi', zei hij. 'Wat staat er dan over een terugkomgarantie in die stukken?'

Fanny haalde licht haar schouders op.

'Niks', zei Jani Koss.

Oscar keek de kring rond en bleef steken bij Fanny.

'Dan is dat een onderwerp waarover we vragen stellen', zei hij. 'Wat zijn de minimale garanties die we nodig hebben?'

'Dat je je oude functie terugkrijgt', zei Beer. 'Tenminste, als die dan nog vacant is …'

Oscar keek de kring rond.

'Wiens probleem is dat?' vroeg hij veelbetekenend.

Beer hief zijn handen alsof hij zich overgaf.

'Sorry', zei hij. 'Ik praat als een bestuurder.'

Oscar had er vaak op gehamerd ons niet alleen verre te houden van het bestuurdersjargon, maar ook om ons nooit te verplaatsen in de problemen van de bestuurders. Voor je het wist was jij bezig aan je collega's uit te leggen waarom een bestuurder onaangename besluiten moest nemen. Beer wachtte het commentaar van Oscar niet af en sloeg zich demonstratief op zijn voorhoofd. Tot nu toe was hij het soepelst geweest als het om vertrekkende ambtenaren ging, maar hij pakte zijn herkansing gretig aan.

'Ik zeg het anders', verbeterde hij zichzelf. 'Laat de concernstaf maar met een oplossing komen voor het probleem dat ze zelf hebben gecreëerd. Wij willen een terugkomgarantie voor de gedetacheerde collega's én een beschermingsconstructie voor de achterblijvers.'

'Daar mag de sic zijn tanden op stukbijten', zei ik. 'Anders moeten we de oppositiepartijen in de raad maar eens opporren om hun mond open te doen.'

'Goeie stok achter de deur', vond Oscar.

'Met behoud van de opgebouwde salarisschalen', ging Susan verder. 'Voor iedereen. Dat is toch wel haalbaar?'

'Kán', zei Oscar. 'Maar tegen accountants en aanverwant volk redden jullie het niet. En indien wel, dan zaten jullie niet hier maar dáár ...' Hij wees achter zich naar de kop van het gemeentehuis, waar de concernstaf haar kantoren had. 'Maar je krijgt van mij wel de adressen van de experts met de kennis waarmee je kunt meppen ... voor het geval je móét meppen. Goed, nog meer garanties voor de achterblijvers?'

'Ze moeten niet worden opgezadeld met taken waar ze geen zin in hebben.'

'Dat hou je niet tegen', zei Beer. 'We moeten allemaal soms werk doen dat ons niet bevalt. Maar je kunt wel adviseren dat er extra scholing komt en dat de werkdruk niet stijgt. Het moet natuurlijk wel leuk blijven op de werkvloer.'

Hij praatte weer als een bestuurder, maar Oscar had de moed kennelijk opgegeven en merkte alleen maar op: 'Leuk? Leuk is een containerbegrip ... Hoe wou je de werkdruk op de werkvloer controleren?'

'Ziekteverzuim in de gaten houden', zei Jani.

Susan viel hem scherp aan: 'Dan ben je veel te laat, joh! Je moet vooraf garanties eisen.'

Jani kleurde en keek weg als een kleuter die was betrapt op bedplassen. Wanneer die twee echt met elkaar verdergingen, was ik benieuwd wat hij uit de kast zou trekken om niet als een speelgoedmuis heen en weer gemept te worden.

'Eisen?' vroeg Fanny. 'Wij zijn toch in overleg met de concernstaf? Dan ga je toch geen eisen stellen? We zitten niet bij de vakbond!'

Oscar antwoordde afgemeten: 'Artikel 25 geeft ons adviesrecht.'

'Precies, we hebben in deze situatie niet te maken met artikel 27, dus geen ínstemmingsrecht', zei ze. 'Dan moeten we ons bescheiden opstellen. We kunnen wel een grote broek aantrekken, maar we gaan voor schut als we dat niet kunnen waarmaken.'

Ze had haar huiswerk gedaan. Maar Oscar had vaker te maken gehad met bestuurders die niet wilden luisteren. En ook met OR-leden die makkelijk de moed opgaven.

'In het geval dat van ons advies wordt afgeweken, gaan we ons *Geheimwaffen* van stal halen', zei hij.

Fanny begon te lachen.

'De bestuursrechter in Amsterdam? Meester Willems van de ondernemingskamer?'

Oscar knikte.

'Dat wordt dan wel een hele, hele lange mars door de instituties', zei ze. 'Voordat we bij de rechtbank aan de beurt zijn, is Helzijl helemaal afgebouwd.'

'Niet met de advocaten die ik ken', zei Oscar effen.

Fanny maakte een gebaar dat ze haar twijfels met genoegen bij hem deponeerde.

'Maar dat is allemaal nog lang niet aan de hand', zei hij toegeeflijk. 'Voorlopig moeten we een dijk van een advies opstellen. En vragen stellen over de witte plekken in die voorstellen. En denk eraan: die hoeven wij niet in te vullen. Dat is onze uitdaging, we hoeven niet meteen van alles te vínden. Onze uitdaging is onze mond te houden over allerhande oplossingen. Zíj moeten ermee op de proppen komen. Hun tijdnood is onze kracht. Bovendien loopt er nog een onderzoek op grond van de wet BIBOB tegen Plaat en zijn makkers van de Sambogroep. Dat zal ook zijn tijd nodig hebben. Het is maar de vraag of ze daar maagdelijk wit uit tevoorschijn komen. Eén vlekje en ze maken geen schijn van kans meer op opdrachten.'

Hij keek de kring indringend rond en even zag ik een glimp van de voormalige barricadejongen.

'Verwachtte Angela uit die hoek problemen?' vroeg ik.

Er viel weer een ongemakkelijke stilte. Beer trok de grimas van een domme august. Jani en Susan pulkten aan hun nagels. Ik pakte een pen om te verbergen dat ik hevig geïnteresseerd was in wie er nu een lans voor de Sambogroep ging breken. Of wie het BIBOB-onderzoek wilde afdoen als een formaliteit. Als Fanny iets met Angela's dood te maken had, dan verborg ze dat uitstekend.

'Oké, daar komen we te zijner tijd wel achter, als het onderzoek is afgerond', zei Fanny energiek na een paar seconden. 'Noteer maar, Ray: één, de terugkomgarantie.'

Ik heb er geen moeite mee dat iemand me vertelt wat ik moet doen. Waar effectief wordt vergaderd, lopen ego's nu eenmaal deuken op. En dat bevelerige toontje plus dat dwingende vingertje, heel anders dan de manier waarop Angela de OR runde, die kon ik ook wel hebben. Dus ik noteerde: de terugkomgarantie.

'Ga door', zei ik.

'Eigenlijk belachelijk dat we het pas nu hierover hebben', liet Fanny zich ontvallen. 'Heeft Angela daarover niet eerder aan de bel getrokken?'

Beer bladerde door zijn papieren alsof hij daar het antwoord zocht. Hij haalde zijn schouders op. Jani en Susan keken vragend naar Oscar. Oscar maakte een gebaar dat hij de vraag bij de groep liet.

'Zij wist toch dat je mensen niet als verhuisdozen heen en weer kunt sjouwen?' ging ze verder. 'Zoals ik het inschat, heeft de SIC allang bedacht hoe dat projectbureau eruit moest zien. Dat plaatje kenden ze dan natuurlijk óók. Waarom zouden wij dat karretje nog eens moeten trekken?'

'Waarom zou Angela dat doen?' vroeg ik.

'Zij was toch de spin in het web van de informele macht?'

Meer had ik niet nodig, ze hengelde naar het plan dat Angela in de vriesvakpapieren had beschreven. En dat stompzinnige geknik van Beer erachteraan, die dat allemaal zo braaf en veilig onder-steunde en Angela als een ouwe poetsdoek liet vallen, maakte het me er wel makkelijker op. Of een frontale aanval op dat moment de meest geschikte manier was om een doorbraak te forceren, mag je achteraf betwijfelen. Maar als duiker was ik niet opgeleid om te wachten. Daarvoor is je luchtvoorraad te kostbaar. Dus je zou kunnen zeggen dat ik tegen een soort emotioneel zuurstoftekort aan liep.

'Jajaaaa, de te-rug-kom-ga-ran-tie', zei ik zo lijzig als ik kon, terwijl ik mijn pen neerlegde. 'Heb jij je wettige echtgenoot Beer ook een terugkomgarantie toegezegd toen hij een einde maakte aan zijn detachering in dat camperbedje van Angela?'

Het is zo'n volzin die je maar een paar maal in je leven zonder stotteren en met overtuiging uitspreekt. Jani en Susan zochten elkaars blik en besloten onmiddellijk geestelijk te emigreren. Oscar schoof zijn stoel een paar centimeter achteruit. Sociale processen zijn niet zijn specialiteit. Beer fronste slechts zijn wenkbrauwen, maar daarachter moesten zijn hersenen op topsnelheid werken. Alleen Fanny keek me koel aan, met haar grijsblauwe ogen. Volzinnen verwarde ze niet met voltreffers.

Ik pakte het plastic mapje dat Roman me had gegeven en hield het omhoog.

'Ach gut, speelt Interne Veiligheid tegenwoordig voor privédetectiefje ...' begon ze.

'Zullen we een spelletje doen?' onderbrak ik haar. 'Het heet waar-was-jij-toen-Angela-verdronk? Ik begin wel. Ik hing aan de bar van De Viersprong en dronk biertjes op kosten van de zaak. Net als iedereen hier, maar waar was jij?'

Op Fanny's gezicht verscheen een minachtend lachje. Ik geloof niet dat er ook maar iemand met me meeschakelde van OR-overleg naar een derdegraadsverhoor. En Fanny al helemaal niet. Misschien had ik er op dat moment nog een grap van kunnen maken en dat zou wel een verdomd goeie geweest moeten zijn, maar ik liet me al meeslepen door de lawine die ik zelf had veroorzaakt.

'Jij verdween voor het eerst in jaren voortijdig van je werk', ging ik verder. 'Want je had een afspraakje met Angela. Al een tijdje daarvoor gemaakt, niet?'

Fanny boog zich voorover en bekeek het mapje.

'Jij beschuldigt mij ergens van?'

'Leg eens uit, wat deed jij bij Angela afgelopen maandagmiddag?'

'Ik begrijp niet waar jij met dat vodje heen wilt …' zei ze. 'Maar sinds wanneer is het verboden om …'

Ik onderbrak haar weer: 'Op dat vodje staat dat jij een date met Angela hebt op het tijdstip dat ze stierf.'

Op dat moment greep Oscar in.

'Ray', zei hij. 'Als je dit werkelijk allemaal meent, is dit niet de plek om je beschuldigingen te uiten.'

Hij stond op en legde zijn hand op mijn schouder.

'Kom mee.'

In mijn kamer had ik een half uurtje nodig om uit te leggen wat ik de afgelopen week aan ongerijmdheden had meegekregen. Het meeste wist hij al, te beginnen met Angela's onverwachte vertrek uit De Viersprong. Het dossier dat Roman me had gegeven. De diefstal daarvan en de brand in mijn wagen. Maar haar vreemde bezoek aan Erotics en de buitensportwinkel waren nieuw voor hem. Evenals de haak tussen de basaltblokken. En het buitensporige verdriet van Justin Plaat. Ik vertelde hem zelfs over mijn eigen kortstondige romance met Angela. En over Beers buitenechtelijke excursie. Hij hoorde mij zwijgend aan.

'Het verband tussen al die omstandigheden ontgaat me', zei hij. 'En helemaal dat Fanny Slykers daarom Angela tot zelfmoord heeft gedwongen.'

'De bedrogen echtgenote', zei ik. 'Ik weet niet wat er is gebeurd maar Angela is dood. En die vrouw wás dáár!'

'Kom op, man!' zei hij. 'Er moet veel meer op het spel staan voor zoiets … Trouwens, hoe heeft ze dat dan klaargespeeld? Angela liet zich niet makkelijk onder druk zetten.'

'Ik wil dat ze open kaart speelt. Wat deed Fanny daar dan?'

Hij haalde zijn schouders op.

'Misschien was ze daar niet. Beer had met hangende pootjes

een einde aan hun verhouding gemaakt, Fanny had haar zin toch al?'

'Waarom die afspraak dan? Wat dacht je van wraak?' vroeg ik.

Oscar liet het bij een peinzend zwijgen toen ik hem het papiertje liet zien waarop Fanny haar krabbels had geschreven. Hij bestudeerde het en gaf het terug.

'Ik zie een logootje van Economische Zaken', zei hij. 'En wat onbegrijpelijke krabbeltjes. Maar dit is geen zaak voor Interne Veiligheid. Je kunt dit beter naar het politiebureau brengen. Doe daar je verhaal en laat het verder aan hen over.'

'Roman is ermee bij de recherche geweest', zei ik. 'Maar Angela is een zelfmoorddossier.'

Oscar knikte alsof hij dat een plausibele verklaring vond.

'En jij hoopte met een verrassingsaanval meer te bereiken? Voor welk probleem was dat in godsnaam de oplossing? Denk maar niet dat de Slykertjes het hierbij laten. Met Beer had je het nog kunnen afdrinken, maar Fanny spijkert je bij voorkeur met je zak op een lat.'

'Dat mag ze doen', zei ik. 'Maar dan zal ze over de brug moeten komen want de vraag blijft: wat deed ze op maandagmiddag rond een uur of vijf op de Kop van Helle?'

'Ik ken Fanny nog maar net maar ik kan je nu al voorspellen dat zij niet het type is dat van jouw ongeleide projectielen schrikt', zei hij. 'En dan te bedenken dat je jezelf met een paar vragen uit onze Methode die vertoning had kunnen besparen. Oké, je hebt dan wel vastgesteld wat de feiten zijn, maar wat was precies je doel? Geloofde je zelf wel in de haalbaarheid? Wat zijn de gevolgen voor je omgeving? Had je voldoende draagvlak? En heb je een alternatief, nu je overduidelijk het doel hebt gemist?'

Daar had ik geen seconde over nagedacht. Ik had alleen de hoop gehad dat Fanny zou breken en vertellen wat ze daar deed nadat ze onverwachts zwaar vuur had gekregen.

Pas toen Oscar zijn laptop inpakte, kwam er iets van de vroegere vertrouwelijkheid terug.

'Goed dat je die vriesvakpapieren er niet bij hebt gehaald', zei hij. 'Dan was de schade niet te overzien.'

Hij sloeg me op mijn schouders.

'Ray! Neem dit weekend de tijd en de rust om na te denken', raadde hij me aan. 'Ga een paar uur op het strand wandelen. Laat alle spoken uit je hoofd waaien.'

'Je bedoelt dat ik aan het crashen ben? Emotioneel, bedoel ik?'

'Je hebt deze week een flinke portie stress gehad. Je hebt een goeie vriendin verloren. Je hebt een trauma uit je diensttijd voor je kiezen gekregen. Zorg goed voor jezelf.'

Uit zijn blik sprak weinig vertrouwen dat ik dat zou doen.

En dat deed ik ook niet, want dezelfde avond maakte ik de tweede blunder van die dag.

Iemand had Franca gealarmeerd met de mededeling dat haar baas aan het doordraaien was geslagen. Ik weet niet wie, maar diegene had in één keer geraden met wie ik het liefst het weekend zou beginnen. Misschien had Oscar haar gebeld en misschien vertrouwde ik daarom dit keer helemaal op de Methode van Glas.

'Ray, ik ben het', meldde Franca zich via de intercom.

Tot mijn ontslag bij de BPN was ik intern op De Kamp gelegerd. Sindsdien woon ik in de uiterste westhoek van Helzijl in een huurflatje op de hoogste verdieping. 'Zolang' zeg ik er meestal bij en dat is een wensgedachte. Het appartementencomplex is zo'n jarenzestigstapelhok met knalrood geverfde deuren en een lichtreclame die de aandacht moeten afleiden van de betonrot en de schimmelranden en de bladderende muurverf. Er staat een windvang met populieren omheen waardoor je alleen 's winters een randje zee kunt zien, als je tenminste zo ver mogelijk over de balkonrand buigt en je vasthoudt aan de oude antenneleidingen, het enige dat nog stevig verankerd zit. Dat ze je dan voor een zelfmoordenaar aanzien, komt vooral omdat er elke maand wel een bewoner denkt dat hij met de eeuwig zwermende meeuwen naar het strand kan meevliegen.

Nou ja, het was Franca dus die zei: 'Ik ben het.'

Dat klonk alsof ze bij me woonde en zoiets komt messcherp binnen na een chaotisch weekje waarin de gebeurtenissen uit alle macht aan je verleden hebben gerukt, alsof je een gezonken schip van de zeebodem lostrekt en het zicht door de enorme wolken modder is gereduceerd tot binnenkant bril.

En ik had me na mijn mislukte rechercheactie aan een liter champagnelikeur vergrepen, het laatste souvenir uit mijn belastingvrije leven bij de BPN.

Ik haalde Franca beneden bij de entree op, informeerde veiligheidshalve nog even niet wat ze kwam doen en bood haar een glas van hetzelfde spul aan. Ze wilde er een kopje thee bij en in de keuken vond ik alleen een paar builtjes die Angela ooit had meegenomen en die nog het meest roken naar het beddegoed van mijn oma. Terwijl ze op een bureaustoel ging zitten en zich naar de rij populieren wendde, merkte ze op: 'Je woont hier leuk, zo hoog.'

Ik liep naar de cd-speler.

'Ja', zei ik. 'Muziekje erbij en je waant je meteen in hemelse sferen.'

Ik trok een willekeurige cd uit het rek. Het bleek Nick Cave te zijn. Je kunt wel een speciaal muziekje voor dit soort buitenkansjes uitzoeken, maar regie over romantiek is een illusie. Bovendien had die champagnelikeur het effect dat ik álle muziek vond passen bij een huisbezoek van Franca. De meeste nummers gaan per slot over de liefde.

'Ja, ideaal', zei ze. 'In de natuur en toch dicht bij de stad. Hoe is het verder met je?'

Ik hoorde dat lullige kantoortoontje erdoorheen en besloot haar vraag te behandelen als een adviesaanvraag van de concernstaf. Recht voor zijn raap doelgerichte tegenvragen stellen, dus. Ik draaide haar stoel naar mij toe, van de tafel weg waarop ik eet, drink of uit het raam staar. Ik ontdekte het eetbare slipje op een stapel ongelezen huis-aan-huisbladen en wilde het wel wegstoppen maar Franca zag dat ik ernaar keek.

'Franca', zei ik. 'Is er een probleem? Wil je verbeterpunten in onze relatie bespreken?'

'Nu ben je dronken', zei ze. 'Maar eigenlijk ben jij depressief.'

'Vraag: is dat de aanleiding van je bezoek?'

'Je wilt het niet toegeven, je steekt je kop in het zand.'

Ik stak mijn handen omhoog.

'Ik beken, ik heb gedronken.'

Met een fabuleuze striptease-intro begon Nick Cave aan 'I'm your man', en veel zinnelijker dan de seksloze versie van Leonard Cohen. Ik ging op de armleuning van mijn enige andere stoel zitten en keek Franca indringend aan – tikje streng à la met-een-leuk-lachje-kom-je-nu-niet-weg.

Omdat de leuning niet was vastgezet, zakte ik met een schok een decimeter naar beneden. Ik bewaarde mijn evenwicht door me snel op de zitting te laten vallen. Ze nipte voorzichtig aan het hete water in haar kopje, dat net zo rook als die stoffige omabuiltjes.

'Lekker', zei ze.

'Wat zijn de oorzaken van dat probleem?' vroeg ik terwijl Nick Cave zong dat hij zich aan de een of andere vrouw als bokser aanbood om voor haar in de ring te vechten.

'Bij 99 procent van de mensen slaan depressies naar binnen', ging ze verder. 'Maar bij jou wordt het agressie. Jij gaat om je heen meppen.'

Ik kende het lijstje van de Methode van Glas uit mijn hoofd dankzij mijn onbestuurbare geheugen.

'Laten we de feiten en de omstandigheden eens onder de loep leggen', stelde ik voor.

'Goed, ik was zojuist in de Dok', zei ze. 'Jouw vrienden uit de OR waren daar aan het bijkomen van een ingelaste vergadering.'

Ik kende de Dok wel, een grand café in de voormalige ketelmakerij van de oude werf. Zodra je was gaan zitten, kreeg je ongevraagd een pot bier voorgezet. Het was een verzamelplek voor gemeenteraadsleden, wethouders en hoofden van de dienst, kortom, de halfgoden van de jungle. En iedereen die iets van ze wilde lospeuteren. Je kreeg er een houten kont op die banken en schragen uit oude tijden. Maar daar hoorde je Beer nooit over.

'Hebben we het over hetzelfde probleem?' vroeg ik, nog steeds volgens het boekje.

Ze zette haar kopje neer en nam een slok van de champagne-likeur.

'Volgens de verhalen ben je door het lint gegaan.'

'Ik heb ze een paar vragen gesteld', zei ik.

'Dan ben je je doel hoog over- en ver voorbijgeschoten', antwoordde ze. 'Fanny is er kapot van. Denk jij écht dat ze met Angela's zelfmoord te maken heeft?'

Het kwam er zo vilein uit dat ik niks beters wist te doen dan mijn glas bij te vullen.

'Fanny S. te H. is degene die iets heeft uit te leggen', zei ik daarna. 'Zij heeft Angela uitgenodigd via de memopost, zíj is op pad gegaan op een tijdstip dat ze …'

'Ze hoeft niet aan de eerste de beste schreeuwlelijk uit te leggen hoe belachelijk en armzalig die bewijsvoering is', zei ze. 'In de Dok kon ze haar verhaal kwijt aan mensen die wél bereid waren te luisteren. Dat frommeltje waar jij mee zwaaide, dat memootje stamt uit de tijd van de oude huisstijl, dat zie je meteen aan dat logo. En aan het soort papier, dat milieuvriendelijke recyclingspul dat toen in de mode was. Jani had nog een voorbeeld in een jubileumboek gevonden. Het is al een collector's item. Dateert van minstens twintig jaar geleden. Toen woonden Fanny en Beer nog in het buitenland, dus die kan ze toen ook niet achterovergedrukt hebben. En wat afgelopen maandagmiddag betreft: toen lag ze in een tandartsstoel voor een wortelkanaalbehandeling. Als je het lief vraagt, wil ze de noodkroon wel laten zien. Mij gaf ze in ieder geval de naam en het adres van de tandarts.'

'En het motief dan? Beer die illegaal bij Angela seks bijtankte. Heeft Fanny nu opeens de kaarsjes aangestoken in de camper?'

'Ze stond niet te juichen, maar Beer had al een eind aan die toestand gemaakt. Dat weet je, dat heeft hij je zelf verteld.'

'Angela was niet depressief', hield ik vol.

'Ray, wat is precies je doel?'

Ik had de cd-speler op herhaling staan dus Cave begon nog maar eens te zingen dat zijn begeerde schatje alles kon krijgen wat ze wenste. Met hem als haar *man*. Ongewild had Franca de vraag gesteld die ik maar al te graag wilde beantwoorden.

'Op dit moment? Jij', zei ik en ik leegde mijn glas.

Ze schoof haar eigen glas meteen weg alsof ik er een gifpil in had gegooid en begon in haar theekopje te blazen. Volgens mij was de thee al lang niet meer zo heet. Toch bleef ze maar blazen, zodat het leek alsof er een pissige kat aan tafel zat. Om de sfeer wat op te krikken, zong ik mee. *'And if you want another kind of love, I'll wear a mask for you …'*

'Je draagt al een masker', onderbrak ze. 'Met heel kleine kijkgaatjes zodat je blik beperkt is. Dat heet tunnelvisie. Je gelooft alleen wat je wílt geloven. Dat er iets mis is met Angela's zelfmoord. En jouw pech is dat je die bril niet afzet. Echt Ray, je bent deze week op hol geslagen. Jij had iets met Angela, hè? En daarom heb je schuldgevoelens. Ray, je moet iets doen om jezelf weer in het gareel te krijgen.'

Die champagnelikeur bevatte 42 procent alcohol, zag ik, terwijl ik het restje in mijn glas liet druppen. Ik dacht aan Angela en aan die camper en aan Beer en aan die veel te bedroefde Plaat en aan dat rottige strandje dat een verdoemde plek was geworden. Het werd tijd voor de hamvraag uit de Methode.

'Wat gebeurt er als ik niets doe?'

'Dan gaan de gebeurtenissen iets met jou doen', antwoordde Franca.

Ik stond op en ging tegenover haar op de tafel zitten. Daarna legde ik beide handen op haar schouders.

'Helpt dit?'

Ze rolde haar stoel naar achteren waardoor ik weggleed. Gelukkig bleef ik op mijn ellebogen op de tafelrand hangen. Anders was ik languit op de vloer terechtgekomen. Dat bleef me bespaard, maar elegant zag het er allemaal niet uit. Om me een houding te geven zong ik maar weer mee. *'If you want a doctor, I'll examine every inch of you.'*

'Ray, jij hebt zelf hulp nodig!' zei ze streng.

Ik hees me overeind.

'Ah, verbeterpuntjes!' riep ik. 'En welke prestatie-indicatoren gaan we daarop implementeren?'

Misschien kraamde ik er een paar p's te veel uit, en of de rest op de goeie plek terechtkwam, kan ik me ook niet herinneren.

'Je zit op een veel te hoog energieniveau', zei ze hoofdschuddend.

En omdat de nuchterheid van haar gezicht droop, probeerde ik het maar weer eens met die Cave. Tegen beter weten in.

'*If you want a driver, climb inside ...*' neuriede ik.

'Je hebt geeneens een auto meer', zei ze en ze trok haar jas aan.

'*And if you want to work the street alone, I'll disappear for you ...*'

'Bespaar je de moeite', bitste ze. 'Dat doe ik zelf wel.'

Ik greep het cellofaantje met het eetbare slipje, scheurde het open en propte de inhoud in mijn mond. Met humor wil ik het nog weleens redden.

'Vegetarisch ondergoed', zei ik met volle mond en ik trok het kruisje ervan af. 'Ook een hapje?'

Ze werd echt link maar ze hield zich in.

'Jammer genoeg ben je gewoon een eikel', zei ze.

Een paar uur later werd ik wakker in de bureaustoel waar ze had gezeten. Het was nog donker. Voorlopig zou het niet licht worden. Ik deed mijn ogen weer dicht, reconstrueerde de avond en kon maar niet bedenken wat ik op de witte plekken had gedaan of gezegd.

Ik opereerde dus op een hoog energieniveau, vond Franca. Tja, wat wilde ze dan? Een halve dooie? Toen ik me bewoog om de cd-speler uit te zetten, merkte ik dat mijn energieniveau al behoorlijk was gedaald en zich beperkte tot de beat van 'I'm your man', dat Nick Cave al die tijd had herhaald. Het nummer bleef tegen de binnenkant van mijn schedeldak dreunen, ook toen ik het afzette. Op de achtergrond zoemde de stilte in mijn oren als een kapotte tl-balk.

Desondanks denderde de harde waarheid op me af dat ik was vastgelopen. Daarover dacht ik na tot een grauwe rand boven de populieren een lamlendig weekend aankondigde.

VI

Op die maandagmorgen groetten de portiers me even opgewekt als altijd. Ze schoven me een pakket toe, dat net was binnengebracht. Het kwam van De Viersprong. De spullen van Angela, nam ik aan. Ik zou ze moeten sorteren op persoonlijk en zakelijk. Op mijn bureau lag echter een dringende uitnodiging van de sic voor een onderhoud om tien uur. Dat was te vroeg voor een gezellig babbeltje.

Ik belde eerst met de recherche en informeerde of er al iets bekend was over mijn uitgebrande Volvo. De dienstdoende unitchef kondigde aan 'het systeem in te gaan' en zette me in de wacht. Na een paar minuten meldde zich een andere politieman die voorlas dat mijn wagen door een sloopbedrijf was opgehaald. Ik hoorde dat hij een paar aanslagen op een toetsenbord deed en hield mijn mond.

'Geheel kosteloos', voegde hij eraan toe. 'Volgens afspraak.'

'Afspraak met wie?' vroeg ik.

'Met ons natuurlijk', blafte hij.

Omdat ik zweeg, raakte hij in verwarring.

'U bent de heer Ray Sol', somde hij op. 'U heeft afgelopen donderdag om dertien punt nul drie uur vanaf uw mobiele nummer naar de recherche gebeld. U heeft aangegeven dat u geen prijs stelt op nader onderzoek. U wilde geen aangifte doen en u deed afstand van het voertuig. Vandaar.'

Ik wist genoeg en verbrak de verbinding. Voor de vorm checkte ik het logboek van mijn mobiel. Natuurlijk klopte de mededeling van dat straatjochie. Iemand had tijdens de nazit van Angela's rouwdienst mijn mobieltje uit mijn jaszak gehaald en onder mijn naam gebeld terwijl ik met Roman stond te praten in dat opberghok.

Daarna liep ik naar de kamer naast me, waar Franca zat. Of moest zitten. Ik wilde haar vragen of ze had gezien wie er in de buurt was geweest van de garderobe van dat restaurant, en mijn overjas met mijn mobiel erin.

Franca was er niet. Haar computer was niet opgestart en het was al half tien. Ik belde met Personeel en vroeg of ze zich ziek had gemeld. Ik kreeg een onderknuppeltje aan de lijn, die eerst iets mompelde over privacy. Uiteindelijk gaf hij toe dat Franca in het gebouw was.

'Waar hangt ze dan uit?' vroeg ik terwijl ik in onze bureauagenda controleerde of ze soms een afspraak op een andere afdeling had.

'Ze is uitgeleend aan de Post- en Archiefkamer', was het antwoord.

'Waarom?' vroeg ik.

Ik kon bijna horen hoe hij zijn schouders ophaalde.

'Daar gaan we niet over.'

Bij de sic trok ik meteen van leer. Ik weigerde zijn rituele bak koffie en vroeg meteen na binnenkomst: 'Waarom is Franca Rosenborg overgeplaatst?'

'Op eigen verzoek', antwoordde hij. 'Dat komt eigenlijk erg slecht uit, want nu is Interne Veiligheid onbemand ...'

Ik negeerde de laatste mededeling.

'Op eigen verzoek ...' herhaalde ik.

'Het was nogal acuut', begon hij gewichtig. 'Ze belde me vanochtend vroeg thuis op. Ze vond dat er geen basis meer was voor jullie samenwerking en ze wilde met onmiddellijke ingang een andere werkplek. Ik heb dat serieus genomen. Franca is niet iemand die zonder goede reden haar post verlaat.'

'En wat was die goede reden?'

Hij zette zijn bril af en liet hem aan een pootje slingeren.

'Jij', zei hij bijna onhoorbaar.

Hij schraapte zijn keel: '*Incompatibilité d'humeur*, laten we het daarop houden. Ray, niet iedereen kiest ervoor om een conflict tot de laatste snik uit te vechten.'

'Welk conflict?' vroeg ik.

Hij hief zijn handen.

'Ik neem geen positie in, hoor', zei hij. 'Ik wil er alleen voor zorgen dat niemand hier stukloopt. Je hebt me trouwens een onrustig weekend bezorgd. En mij niet alleen. Ik heb telefonisch met Beer en Fanny Slykers overlegd. Tot nu toe heb ik ze ervan kunnen weerhouden om een officiële klacht tegen je in te dienen. In dat geval zou ik je schorsen. Maar het is niet mis wat je Fanny in de schoenen schoof. Daarmee heb je heel wat imagoschade opgelopen. Daarom hebben we afgesproken geen mededelingen naar het personeel te doen over dit incident. Als jij nu ook de nodige discretie in acht neemt ...'

Hij zette zijn bril weer op, een signaal dat hij nu met het goede nieuws op de proppen kwam.

'Ik wil je uitnodigen een paar weken de tijd te nemen', zei hij. 'Om tot jezelf te komen.'

Hij keek me welwillend aan. Toen ik niet reageerde, ging hij verder: 'Een time-out is het beste voor iedereen. Daarna wil ik met alle liefde een mediator regelen om een gesprek tussen jullie te arrangeren. Desnoods doe ik het zelf.'

Hij grinnikte een beetje om dat boude voornemen. Hij gooide er nog een knipoog tegenaan om de suggestie te wekken dat we de twee Slykertjes dan mooi te slim af waren. Dat gegrinnik maakte me al link en die knipoog deed de rest.

'Ik krijg hier geen stijve van', zei ik.

'Dat is je verdomme ook wel geraden', antwoordde de sic met onverwachte scherpte. 'Want anders zou ik je op staande voet ontslaan wegens ongewenste intimiteiten ...' Hij rommelde tussen zijn papieren op zijn bureau. 'Angela had het beter met je voor dan je je kunt voorstellen.'

Hij schoof me een print van een e-mail toe. Ik las hem snel door. Het was een memo van Angela, geadresseerd aan de sic en gedateerd op de woensdagavond voor haar dood.

'Ze stelde jou voor als hoofd Security voor de haven en het vliegveld', zei hij. 'Wist je dat?'

'Ja', loog ik.

'Ze stelt zelfs voor dat je voor een werkstage naar de States gaat. Maar dat wordt nu allemaal erg twijfelachtig.'

Hij blikte me over zijn bril aan alsof hij wilde weten hoe ik dit nieuws oppikte.

'Was ik de enige gegadigde?' liet ik me ontvallen.

'Bij mijn weten wel', zei hij. 'Dit was iets tussen Angela en mij.'

Hij loog ook, maar slechter dan ik. Ik kondigde aan dat ik me met onmiddellijke ingang zou afmelden.

Het was natuurlijk een stinkstreek van Franca om ertussenuit te knijpen, een echte jungletruc. Hoewel, het was sportief dat ze niet over mijn erotische toenadering had geklaagd.

Franca werkt 's maandags de hele dag en ze luncht dan altijd in de kantine. Normaal zou ze dat met mij doen. Dus zocht ik haar op in die etende menigte waarboven zachtjes de gesprekken gonsden. Franca had haar toevlucht gezocht bij Susan en Jani. Zodra ik tegenover haar ging zitten, kondigde ze aan dat ze thee ging halen. Ze liet een bord tomatensoep achter waarin een onbestemd prutje dreef. Ik vroeg me af wat daarbij de meerwaarde van een kopje thee was.

Ik keek eens rond. De blikken die wegschoten zodra ik mijn hoofd omdraaide maakten duidelijk dat de geruchtenmachine al overuren had gedraaid.

Beer en Fanny zaten twee tafels verderop. Beer gaf me een ultrakort knikje. Fanny stak haar hand op maar het leek meer op het gebaar van een filmsterretje dat een uitval doet naar de lens van een paparazzifotograaf. Franca deed er ondertussen verdomd lang over om die thee te halen. Susan en Jani maakten er geen geheim van dat ze zo snel mogelijk naar hun werkplek terug wilden en schrokten een broodje kleffe kaas naar binnen. Om het ijs te breken begon ik over het projectbureau HH. Ze lieten zich ontvallen dat er een versnelde procedure was ingezet om de organisatie binnen drie maanden rond te krijgen. Ik had het bericht niet meegekregen dus ik vroeg bij wie de bijbehorende stukken waren binnengekomen.

'Bij mij', zei Susan.

Ze kleurde. Tot mijn verbazing was het Jani die haar eruit redde.

'Ze heeft je takenpakket in de OR overgenomen', zei hij. 'Zolang je weg bent.'

Op dat moment schoof Franca aan.

'Ben ik weg?' vroeg ik en ik herhaalde met uitgestrekte armen en luider: 'Ben ik weg?'

Jani schokschouderde als een boer die een slecht weerbericht aanhoort en er toch niks aan kan doen.

Aan de tafels naast ons viel een stilte. Franca legde haar hand op mijn arm en duwde hem zachtjes op de stoelleuning.

Ik had er niets meer te zoeken en stond op. Franca greep mijn mouw vast.

'Kan ik wat voor je doen?' fluisterde ze.

Ze had haar autosleutels in een etuitje naast haar bord gelegd. Ik pakte ze op en stak ze in mijn jaszak. Voordat ze me kon vragen wanneer ze haar wagen terugzag, was ik op weg naar de buitenlucht.

Ergens staat een omgebouwde watertoren. Waar precíes, dat valt onder geheimhouding. Er is een omheining van een paar kilometer lengte en er staat ook een peloton camera's. Wanneer je daar voorbij bent, word je meestal binnen vijf minuten hardhandig staande gehouden door een stel potige marechaussees die in een terreinwagen komen aangescheurd. Als je er niet al te terroristisch uitziet, vragen ze of je soms blind bent. Of levensmoe. En waarom je geen borden STRENG VERBODEN TOEGANG hebt gezien en dan moet je aanwijzen waar je door de hekken bent geglipt. Als je een goed verhaal hebt, zetten ze je af op een doorgaande weg, vlak bij een

ANWB-paddestoel die je aangeeft dat je via de toeristenroute dertien kilometer naar Helzijl mag wandelen. Als je geen geluk hebt,
word je overgebracht naar de dichtstbijzijnde post van de MIVD en
soms naar het cellenblok van de Helzijlse straatjochies. Wél in die
volgorde, zodat de jongens van Inlichtingen een paar dagen hun
gang kunnen gaan zonder advocaten en andere stoorzenders.

In die toren is een modern bassin gebouwd van dertig meter
diep. Het is het duikcentrum voor eenheden zoals onze BPN. Er
kunnen allerlei weersomstandigheden worden nagebootst en er
worden alle mogelijke opdrachten geoefend. Er wordt ook met wapens getraind. Om de meter zijn er observatieruiten ingebouwd,
zodat de instructeurs kunnen controleren wat er in de praktijk
terechtkomt van hun theorieën.

Dat ik wist dat Roman daar aan het werk was, had ik aan Mylène te danken. Ze was in het huis van Roman en ik had haar in een
milde stemming aangetroffen. Ze vertelde meteen dat Roman naar
de toren was gegaan. Er klonk een gekwetstheid in haar stem en
die maakte haar openhartiger dan ze misschien wel wilde. Gewoon
naar zijn werk, herhaalde ze met stemverheffing en ze verbeet haar
verontwaardiging. Ik mompelde iets over de eigen manier waarop
iedereen een verlies verwerkt.

'Roman denkt anders dan wij', voegde ik eraan toe.

'Dat zal wel', antwoordde ze. 'Maar als je écht wilt weten wat
Roman denkt, dan moet je zijn schedel lichten.'

Het klonk zo grimmig dat ik het wel aandurfde om mijn arm
om haar schouders te leggen en voor het eerst sinds Frizo schudde
ze die niet weg. Misschien zat ze verlegen om een bondgenoot,
misschien zat ze echt stuk. In ieder geval kostte het me daarna
weinig moeite om haar over te halen om de dagcode uit de laptop
van Roman mee te geven. Ik moest nu met hem praten over wie er
nog meer van het dossier wist. En dat Angela zijn droombaan aan
mij had vergeven. Over die molotovcocktail in mijn wagen. En dat
vodje dat hoogstwaarschijnlijk niet van Fanny Slykers kwam.

De wachtposten bij het hek keken me nieuwsgierig na toen ik de cijfertjes intoetste en de poorten zich openden. Ze kenden me niet en zonder de code had ik een schriftelijk verzoek moeten doen om het terrein als burger te mogen betreden. Het zou me twee weken hebben gekost om een weigering in de bus te krijgen. Ik zwaaide nonchalant naar ze, reed een paar kilometer door het duingebied en zette Franca's wagen bij de toren. In een aanval van nostalgie liep ik er eerst omheen. Aan de buitenzijde was een klimmuur aangebracht, waar we talloze malen tegenop waren geklauterd, al dan niet gezekerd. Ik pakte een grip vast, trok me eraan op en veegde de groene aanslag van mijn handen aan een pol helmgras. Ik rook een flard sigarettenrook en wilde me omdraaien maar een klap op mijn rug liet me struikelen. Ik maakte een zijwaartse rol en sprong overeind in een gevechtshouding.

'Hé, Duiky toch, je reflexen staan nog steeds in standje slomo.'

Het was Ties Pletter. Hij had me tijdens zijn rookpauze tussen de dennenbomen aan zien komen en me met die soepele ijsberentred van hem verrast. En zijn ijsberenkracht was ook nog volledig intact voelde ik, toen hij me bij mijn beide armen greep.

'Duiky toch', herhaalde hij. 'Wat doe je hier?'

'Ik kom voor Roman', zei ik.

'Ga maar mee naar de eenendertig', zei hij.

Hij nam me mee langs de wacht de toren in. 'De eenendertig' was de naam van onze huisbar en sloeg op de hoogte boven NAP. Het was een oude keuken met een paar stoelen, een koffieapparaat en een koelkast bier.

'Roman en Ted liggen nog in het water', zei hij. 'Ze komen zo boven. Vraag me niet hoe Roman het redt in deze shit. Hij dóét het gewoon. Vertel liever wat je het afgelopen jaar hebt uitgevreten. Maak het niet te spannend, anders vertrek ik ook.'

Hij trok een sarcastisch gezicht.

'Alles is veranderd', zei hij. 'We worden tegenwoordig voor alles ingezet waar het ook maar een beetje nat is. Vorige week zaten we op de Loosdrechtse Plassen … oei oei, levensgevaarlijk.' Hij stak zijn duim naar beneden. 'We moesten een paar micro's leggen bij dat maffiatuig uit het vastgoed. Op een jachtje ... Jij bent 'm op tijd gesmeerd.'

Dat was geen subtiele opmerking maar daar stond Ties ook niet om bekend. Ik had er wel een maandsalaris voor overgehad om met de boys op pad te gaan, desnoods op die Loosdrechtse Plassen, waar het hooguit drie meter diep was. Ties schonk een bak koffie voor me in en we wisselden nieuwtjes uit, totdat de deur naar de douches opensloeg.

Roman verborg zijn verbazing niet maar hij sloeg wel de ouwejongenstoon aan.

'Ray, jongen, last van heimwee? Het bloed kruipt, hè?'

Achter hem verscheen Ted in de deuropening. Ze hadden hun duikpakken nog aan en veegden hun hoofden droog met een handdoek. Roman omarmde me en stelde me voor aan Ted. Ik herkende hem van het fotoalbum bij Mylène. Het was een fijngebouwde jongen met een verlegen glimlach, die snel verdween toen ik Roman hielp om de rits van zijn droogpak open te maken. Hij wurmde zich uit het bovendeel van zijn pak, bestudeerde de display van zijn duikcomputer en gaf hem aan Ted.

'Breng maar weg', zei hij. 'Niet slecht gedaan, duikertje, na vijf minuten bodemtijd had je de doos al te pakken. De instructeur kan tevreden zijn.'

Ik ving de knipoog van Roman op. Ik begreep wat hij bedoelde. Roman had gedoken met Teds computer. Ted kon daardoor een keurige tijd laten bijschrijven voor de simulatie waarbij hij de black box van een neergestort vliegtuig had moeten opsporen en naar boven brengen. Af en toe mats je elkaar door een examen heen.

'Weet je nog toen we de computer van Aasje hadden meegenomen?' zei Ties.

Op Romans gezicht brak een lachje door. Dat was voor Ties het sein om het verhaal nog eens te vertellen. Tijdens een internationale oefening op de Antillen was Aasje na een lokale zuippartij met een paar dames meegegaan. Of andersom, dat was altijd onduidelijk. Hij was 's ochtends niet komen opdagen in de compound. In zo'n geval regelt de ongeschreven buddywet dat je elkaar dekt. Voor degene die nog bezig is om de beest uit te hangen of met een kater in bed is gebleven, voert een teamgenoot de geplande oefening uit. Een soort duikbob. De truc lukt altijd omdat de instructeurs tijdens internationale oefeningen vaak geen benul hebben met wie ze werken. Als na de missie de computer is uitgelezen, wordt het oefenonderdeel op naam afgevinkt, mét de bijbehorende uitdraai als bewijsstuk. Ondertussen ligt de bijbehorende duiker van zijn uitspattingen bij te komen.

Toen we Aasje misten, hadden we zijn computer meegenomen naar de duikstek. Op een of andere manier liepen de afspraken in het honderd. Halverwege de dag was elk lid van onze eenheid met Aasjes computer naar beneden gegaan. Toen zijn gegevens daarna werden uitgelezen, bleek dat hij binnen twee uur achtmaal naar een diepte van veertig meter was gedoken. Dat had sterk oplopende tijden voor de decostops moeten opleveren, maar iedereen dook alsof het de eerste keer van die dag was. De duikinstructeur sloeg groot alarm en begon op het platform rond te rennen, onderwijl uitroepend: '*Where is that fucking Aas?*'

Volgens de gegevens moest Aasje al als een warme colafles uit elkaar gespat zijn. Dus er zat niets anders op dan te vertellen dat hij al in de compound aan wal was. De Deense duikinstructeur nam geen risico en belde meteen naar de medische dienst. Een paar minuten later werd Aasje van zijn bed geplukt en naar een decompressietank gebracht. Hij zag er toch al beroerd uit na die doorgezakte nacht en zijn protesten werden gezien als deel van het ziektebeeld. Met geweld werd hij in de tank gestopt. Pas toen de druk tot drie atmosfeer was gebracht, slaagde hij erin om via de intercom de medische ploeg ervan te overtuigen dat hij die ochtend niet eens water had gezien, laat staan erin had gelegen. Als disciplinaire maatregel kreeg onze eenheid een week dekdienst op het begeleidende fregat. Na een halve dag schrobben werd die taakstraf al kwijtgescholden en werden we ingezet bij de berging van een lading coke uit een gezonken jacht.

'*Where is that fucking Aas?*' Ties begon de Deense instructeur nog maar eens te imiteren. Ik stond op en zei dat ik moest pissen.

Ik hoopte dat Roman achter me aan kwam zodat we rustig konden praten.

Op de plee bekeek ik de teksten en tekeningen op de muur. Tot mijn tevredenheid zag ik dat mijn karikatuur niet was weggepoetst. Een malle eppie met veel te korte beentjes en een te grote duikbril en een erectie in de vorm van een snorkel. Ik lurkte tevreden aan het mondstuk. *Duiky does it*, stond erbij. Ik zocht de spotprent van Ties en Roman en de andere leden van de BPN. Er waren er een paar bij gekomen die ik niet kende. Vlak boven de wc-pot was Ted erbij getekend. Hij droeg een zonnebril en een minirokje. Hij had tieten gekregen en poseerde als een pornoactrice. TT had iemand erbij geschreven.

In de kantine dronken Roman en Ted staande hun laatste slok koffie. Daarna hesen ze zich weer in hun pak. Terwijl ik met ze meeliep vroeg ik wat ze gingen doen.

'Blind navigeren', zei Ted.

'Zicht binnenkant bril', kondigde Roman aan.

Het was een van de weinige oefeningen waarbij de buddy's met een lijn aan elkaar vastzaten, omdat het zicht onder water was teruggebracht tot maximaal vijf centimeter. Ze moesten nauwgezet van wand tot wand manoeuvreren, steeds dieper, en daar pakketjes ophalen. We passeerden de kleedkamer, waar Roman zijn locker opende en er de lijn uit haalde. Ted schoof voor me om de rits van Romans pak dicht te trekken. Als hij me niet heel even over zijn schouder had aangekeken, en als zijn blik niet iets triomfantelijks had gehad en ook iets venijnigs, dan had ik er niets anders dan *buddycare* in gezien. Bij het bassin dirigeerde Roman hem naar de vulautomaten, waar de flessen klaarstonden.

'Twee maal twaalf liter', beval hij.

'Fanny Slykers is clean', zei ik tegen hem toen Ted buiten gehoorsafstand was.

'Wie is het dán?' vroeg hij. 'Die fucking Fan ...'

Hij trok de cap over zijn hoofd.

'Hoe kwam je aan dat memo?' vroeg ik. 'Dat was een antiek stukje papier!'

'Uit haar giletje. Dat had ze aan, toen. Ik kreeg het terug van de straatjochies.'

'Ik ben ermee de mist in gegaan!'

Hij legde de slangen van zijn automaat in de geleiders van zijn duikvest.

'Dan strooit er iemand met oud papier', zei hij.

'Heb je die enkelboeien en die klimhaak al gevonden?' vroeg ik.

'Nee, alles doorzocht', antwoordde hij. 'Maar ik heb meer aan mijn hoofd momenteel.'

'Wie was er op de hoogte van dat vriezerdossier van Angela?' vroeg ik.

Hij bleef gebogen staan met de loodgordel in zijn handen.

'Wie? Jij, ik en Mylène hebben gezien dat ik je die troep gaf ... misschien had de rest van die ondernemingsraad een vermoeden. En die secretaresse van jou. Zoek het uit, jij bent daar toch de politieman geworden?'

'Jij zou de grote baas worden', zei ik. 'De chef Security, had je daaroverheen gelezen? Of wist je het al?'

Hij kwam overeind.

'Ik sta hier op de transferlijst', zei hij. 'Over een jaar moet ik weg. Functioneel leeftijdsontslag. Moet ik soms sigaren gaan verkopen?'

'Waarom zei je daar niks over?'

'Een beetje discretie voordat de papieren zijn getekend.'

'Angela had jou al ontslagen voordat je was begonnen, wist je dat?'

'Een rookgordijn. Om die lui die haar wilden pakken de wind uit de zeilen te nemen.'

'Wie zijn dat? Dezelfde lui die dat dossier inpikten? En mijn wagen in de fik staken?'

'Jij zit dichter bij het vuur dan ik', zei hij en hij grinnikte om de woordspeling. 'Zoek uit wie er toen bij haar was.'

Ted kwam terug met de duikflessen. Ik keek toe hoe ze hun vesten klaarmaakten en over hun hoofd zwaaiden om ze aan te trekken. Ik veegde de spetters van mijn gezicht nadat ze in het water waren geplonsd. Ze verdwenen meteen uit zicht en lieten me achter met de chloorsmaak van die druppels.

Ik liep terug naar de eenendertig, waar Ties de krant las. Hij keek op en begon zonder inleiding: 'Het bitter stemmende detail is dat hij op zichtafstand van zijn vrouw was. Ze waren een mijl verderop bezig een mijn te laten ploffen. Terwijl hij onder water was, verdronk zij vlakbij. Hij praat er niet over. Zou die Angela dat zo gepland hebben? Dat zou een zoete wraak zijn.'

'Voor wat?' vroeg ik.

'TT en Roman delen altijd een hut als we op missie zijn', zei hij en hij maakte een wegwerpgebaar.

'Wat betekent TT?' vroeg ik en ik wees naar de wc-deur.

'Travo Tedje', zei hij. 'Volgens mij zijn het holmaten.'

Hij liet zijn vingers kraken.

'Ik heb niks tegen holmaten', ging hij verder. 'Alleen als ze een eenheid binnen een eenheid beginnen ... ach, laat maar.'

'Hé, is er nog iets nieuws onder de zon?'

Hij pakte een doos van de tafel en maakte hem open. Ik herkende een noodbaken.

'Hier, het nieuwste model. Dit is de opvolger van dat antieke ding waar jij nog mee dook. Deze versie slaat alle coördinaten op waar je bent geweest. Kun je de route zien op de computer. Hij werkt alleen aan de oppervlakte, niet onder water.'

'Wat is daarvan het nut?'

'Kunnen wij tenminste zien waar je hebt uitgehangen als je bent vermist. Voor het geval je het zelf niet meer kunt navertellen.'

Hij scheurde een stukje papier van de krant en schreef er iets op.

'Hier, mijn nummer. Wij moeten een keer een biertje drinken.'

Ik nam het aan, wetend dat er zelden iets terechtkomt van dat soort uitnodigingen. Bovendien draaiden mijn gedachten al op volle toeren.

Roman die zijn latente homokant ontdekt had, oké, dat was één ontwikkeling die me verraste. Maar het was Teds bijnaam die in mijn hoofd bleef rondzingen, omdat ik opeens dat patsertje van Erotics hoorde en vooral de haast waarmee hij zijn uitspraak weggiechelde. *Of het was een travo.*

Mylène was verbaasd me weer te zien en leek te gaan protesteren toen ik vroeg of ik een foto mocht lenen uit het plakboek.

'Verveel je je?' vroeg ze.

'Al maanden', antwoordde ik. 'Sinds vorig jaar.'

Ze wist niet zeker of ik het meende en keek me aan met een geringschattende blik.

'Het is voor Angela', zei ik.

Ze aarzelde.

'Om te weten wat er werkelijk is gebeurd', voegde ik eraan toe.

Ze liep naar de wandkast en haalde het album tevoorschijn.

'Vertel je me dan ooit wat erachter zat?' vroeg ze.

'Beloofd.'

In Franca's auto wachtte ik totdat de beelden van Frizo's wegwapperende vinnen verdwenen. Ik vroeg me af of Mylène eindelijk accepteerde dat haar man het niet de moeite waard had gevonden om te blijven leven. Ook niet voor haar.

Ik belde Franca, die nog in het junglearchief aan het werk was. Ik vroeg haar of ze de auto die avond nodig had. Dat was niet het geval.

'Hoe laat mag je weg bij die papierbrigadiers?' vroeg ik.

'Nu', zei ze. 'Pik je me op? Maar wel bij de achterpoort.'

Ze hield de kop erbij, onze aankomende crisis and disaster manager. Openlijk in de wagen stappen van de baas met wiens *humeur* je *incompatible* was, maakte een rare indruk. Binnen een kwartier was ik er.

'Ik heb je gemist vandaag', zei ik. 'Waarom ben je naar Post en Archief overgelopen?'

Ze pakte een envelop uit haar tas.

'Daarom', antwoordde ze en ze duwde het pak papieren tussen mijn benen. 'Goed bewaren dit keer.'

'Deed je dat voor mij?'

Ze weerstond mijn ongelovige blik.

'Heb ik uit het archief opgevist vandaag. Eerste dag was kennismaken met de afdeling. Ze lieten me de hele dag rondsnuffelen. Dit gaat over de conclusies van dat onderzoek naar de criminele achtergronden van de Sambogroep.'

'Dat loopt toch nog?' zei ik.

'Líép', zei ze nadrukkelijk. 'Plaat en zijn maatjes zijn schoon verklaard.'

'Dat is een snelheidsrecord!'

'Zeker als je weet wie het onderzoek leidde.'

Ik zette de motor af. Ondernemers hebben de pest aan een BIBOB-onderzoek. Ze kunnen op de meest onduidelijke gronden worden uitgesloten van overheidsopdrachten als ze ook maar één crimineel in hun kennissenkring hebben. Het is al genoeg als hun dochter met een fout vriendje thuiskomt.

'Beer Slykers', zei ze.

Ik bonkte met mijn hoofd tegen het stuur.

'Beer?'

'De verklaringen liggen al in het archief. Ik heb kopieën gemaakt. Het ergste wat die jongens hebben uitgevreten, zijn snelheidsovertredingen. En niemand meer dan vijftig kilometer. Anders waren ze nóg de lul. Althans, meer heeft Beers team niet ontdekt.'

'Wie heeft hij op dat onderzoek gezet?'

'Jani en Susan. En hij heeft iemand van Economische Zaken naar de gegevens laten kijken.'

Ik wreef over mijn ogen.

'Laat me raden', zei ik. 'Fanny Slykers?'

'Zie je wel, je hoeft helemaal niet naar de bedrijfsarts', zei ze. 'Waar gaan we trouwens heen?'

Ik gooide de envelop op de achterbank en zei: 'Naar Erotics in Amsterdam. Een seksshop.'

'Prima', zei ze. 'Heb je iets te eten in huis, daarna?'

'Een stukje ondergoed', zei ik. 'Het kruisje. Maar daar had je de laatste keer geen trek in.'

'De laatste keer was je dronken', onderbrak ze me. 'Je was toen onbereikbaar … daar ben ik allergisch voor. En nou ga je vast raden waar dat trauma vandaan komt.'

'Nee, verklap het maar meteen.'

'Pa Rosenborg was niet het zonnetje in huis', zei ze.

'Die straatjochies krijgen meer rottigheid op hun bordje dan we weten', zei ik.

Ze kneep even in mijn dijbeen voordat ze aangaf dat ik moest gaan rijden.

'Ik ben wel even in ons kantoor geweest', zei ze. 'Om de lopende zaken te regelen. Ik heb dat pakket opengemaakt waar jij geen tijd meer voor had.'

'Daar zaten de spullen in die Angela op haar kamer in De Viersprong had laten liggen', zei ik.

'Ik heb haar ondergoed en toiletartikelen apart gehouden', zei ze. 'Verder een hoop dossiers, allemaal over het masterplan HH.'

'Hebben we er iets aan?'

Ze wees met haar duim achter zich.

'Misschien. Daar ligt het hele zaakje. Er zat een envelop bij die ze aan zichzelf had geadresseerd. Dat viel op.'

In Erotics stond dezelfde jongen achter de kassa. Hij bekeek Franca met een zijdelingse blik, maar hij herkende mij pas toen ik de deur achter me sloot, de knip erop deed en de camera naar de hoek met glijmiddelen boog.

'Hé! Jij?' zei hij en zijn hand schoot onder zijn stoel.

Ik was meteen bij hem en klemde zijn arm tegen zijn lichaam, zodat hij de honkbalknuppel daar wel kon vastpakken maar er niets mee kon doen.

'Beter dat we niet gestoord worden tijdens een goed gesprek', zei ik. 'Ontspan je maar.'

Dat deed hij. Ik legde de foto op het toetsenbord en wees Ted aan. Hij keek er een paar seconden naar, sloeg zijn handen achter zijn hoofd en ging achteroverzitten.

'Vertel eens', zei ik. 'Waar ken je deze meneer van?'

'Wie zegt dat ik hem ken?'

'Wie zegt van niet?' snauwde Franca.

De jongen was minder verrast door haar toon dan ik.

'Zo! Moet dat de *bad cop* spelen?' zei hij.

'We zijn geen *cops*', zei ik.

'Veel erger', zei Franca. 'We zijn ambtenaren. Vat je 'm?'

'Jullie waren toch familie van die vrouw?' vroeg hij onzeker.

'Ergens zijn we allemaal familie van elkaar', zei ik.

Hij schoof de foto weg.

'Ik ken die vent niet.'

Ze schoof de foto weer terug. 'Kijk nog eens goed', zei ze.

'Ambtenaren?' vroeg hij. 'Haha, wat voor soort dan?'

Franca keek de winkel rond alsof ze monsterde wat ze zou mee-nemen. Daarna antwoordde ze: 'We zijn gespecialiseerd in terro-rismebestrijding.'

Dat gold ooit voor een van ons tweeën.

'Je mag het ook in Den Haag komen vertellen', ging Franca ver-der. 'We zorgen voor onderdak. En maaltijden. Volpension. Dag-en-nachtservice.'

'Ook voor je vader', voegde ik eraan toe.

'Mijn ouwe heeft er niks mee te maken', zei hij. 'Die gaat dood.'

'Dat kan hij ook in Den Haag doen', zei Franca en ze tikte op de foto.

Ze had toch wel iets van haar vader meegekregen.

'Het is die meneer rechts', zei ik.

Hij pakte met tegenzin de foto en accepteerde de aangeboden vluchtroute.

'O, shit, bedoel je die blonde?' zei hij.

Hij liet een lange stilte volgen waarin hij de rekening van zijn leugens opmaakte.

'Hij kan het geweest zijn', gaf hij toe.

Franca en ik zwegen.

'Ja, ik denk wel dat hij het was.'

'Wat bood hij je? Om tegen iedereen die erom zou vragen te zeggen dat het om mevrouw Marskramer ging?'

Franca's vraag klonk rustig, zo rustig dat je niet met een stalen gezicht zou kunnen beweren dat Ted niets had geboden. Onze jongen tuinde erin.

'Ik wist echt niet dat die vrouw zich van kant zou maken', zei hij. 'Echt niet.'

Hij herhaalde dat een paar maal.

'Natuurlijk niet', zei Franca. 'Als je alles van tevoren weet ... anders had je natuurlijk meteen wel verteld dat deze meneer die spulletjes had gekocht?'

Hij liet zijn hoofd zakken.

'Ik verveel me hier kapot', zei hij. 'We raakten aan de praat ... het is toch ook een lekker ding, kijk maar.'

Franca knikte zonder te kijken.

'Hij vroeg het gewoon. Of ik wou zeggen dat een vrouw die spullen had gekocht, ik hoefde niet eens te liegen ...'

'Droeg hij dan vrouwenkleding?' vroeg ik.

'Ik zag wel dat het een travo was', zei hij. 'Maar dat kon me niks schelen. Ik ben een allesbrander.'

Hij keek tersluiks of we moesten lachen.

'Hij stelde voor om naar beneden te gaan, naar de cabines', ging hij verder.

'Toen heb je hem geneukt?' vroeg Franca. 'Of heeft hij je gepijpt?'

'Alle twee, maar dan andersom', zei hij en hij haastte zich eraan toe te voegen: 'Ik bedoel, in de omgekeerde volgorde.'

Ik gaf Franca een knikje.

'Doe mij zo'n R630', zei ik.

Hij liep snel naar achteren. De lippen van Franca vormden de vraag 'waarom'.

Ik fluisterde dat ze nog van pas konden komen.

De Eroticsjongen kwam teruggelopen. Zijn gezicht stond alweer tevreden nu hij een klant iets kon aansmeren. Voor hem moest het leven uit losse incidenten bestaan: een wipje en een pijpbeurt, een leugentje hier en een paar tikjes daar, een waarheidje erachteraan ... Misschien kun je je alleen zo staande houden met een seksshop op de Wallen.

'Het zijn de laatste', zei hij terwijl hij ze in neutraal pakpapier rolde.

Ik rekende af en opende de deur. Hij deed weer een greep in het rek met eetbare slipjes.

'Laat maar', zei ik. 'Vanavond eten we pizza.'

Op de terugweg was Franca niet minder scherp. Ze had de autosleutels overgenomen en luisterde naar mijn redeneringen terwijl ze haar wagen door de nafiles loodste. Er viel natte sneeuw, die de ruitenwissers wild wegzwiepten.

'Of dat joch loog en zei gewoon wat we wilden horen', dacht ik hardop, 'omdat ik zijn vader erbij haalde. Dan zijn we terug bij af.'

'Nee hoor, hij ging al overstag toen jij die foto neerlegde', zei Franca. 'Je zag het aan zijn smoel. En hij had niet hoeven te zeggen wat hij met die Ted heeft uitgespookt in die cabines.'

'Beginnen we aan een nieuw puzzelstukje', zei ik. 'De rol van Roman. Als Ted een relatie met hem heeft, kan hij ook betrokken zijn bij dat opzetje met onze pornojongen.'

'Klopt, en de aanwijzing dáárvoor komt niet van hem', zei ze. 'Dat heb jij zelf ontdekt. En met dat memootje heeft Roman je op een totaal verkeerd spoor gezet. Schoolvoorbeeld van een afleidingsmanoeuvre. En hij wist dat jij je ermee in de nesten zou werken.'

Ze zei het weer met diezelfde rust en overtuiging als waarmee ze de pornojongen had benaderd. Daarom pakte ik het flesje bronwater dat Franca in de houder onder het dashboard bewaarde en deed wat ik eerder had moeten doen. Ik haalde het memootje uit de plastic hoes en sprenkelde het water over het samengepropte deel dat toch al onleesbaar was. Het zoog zich meteen vol. Daarna duwde ik de sponzige smurrie tegen mijn lippen en proefde. Ik stopte het terug in het hoesje.

De chloorsmaak verdween pas toen ik een paar slokken uit het flesje had genomen. Roman was vergeten om het papieren vodje in zeewater te leggen.

Ik vroeg aan Franca of ze een eindje door de duinen kon omrijden. En of ik de bandenlichter uit de bagageruimte mocht pakken. Onderweg legde ik haar uit waar ze op me moest wachten. En waarom.

Toen ik uitstapte, was ik al doorgeschakeld naar de vraag voor welk probleem die teringstreek van Roman de oplossing zou zijn.

Het was harder gaan waaien en de natte sneeuw maakte een kliederzooi van het zandpad naast de weg. Honderd meter voor de hoofdpoort waar twee wachtposten in een hokje stonden te kleumen, had Franca me laten uitstappen. Ik liep rustig verder terwijl zij haar auto daar dwars op de weg zette en tot vlak voor de slagboom reed. Ondertussen was ik genaderd en zag ik de wachten opstaan en door het raam kijken. Toen Franca haar groot licht inschakelde, werden die twee helemaal verblind. Ze reed langzaam achteruit. De wachten tuurden naar Franca's koplampen. Ik toetste de dagcode weer in, alleen dit keer niet bij de slagboom maar bij het zijpoortje waar alleen voetgangers konden passeren. Franca kwam pas weer in beweging nadat ik door het bos was weggesprint.

Daarna nam ik afwisselend een stukje asfaltweg en de zandpaden. Roman en ik hadden onszelf die tactiek aangeleerd, in onze opleidingstijd. De patrouilles ontwijken, de kou trotseren, wachten en kijken of alles veilig was. En rennen. Daarna de toren beklimmen. Als het snel moest via de brandtrap en als we de tijd hadden langs de grips van de klimmuur. Binnen haalden we gein uit. Een paar pakken wasmiddel in het bassin, vlak bij de windmachine. De instructeur die de volgende dag een stormsimulatie had aangevraagd vlogen de sneeuwvlokken om de oren. Terug volgden we dezelfde weg. De staf moet geweten hebben van onze nachtelijke exercities, maar ik denk dat ze het allemaal toelieten onder het mom van teambuilding.

Binnen een kwartier was ik bij de toren, die duister afstak in de dwarrelende sneeuw. De ijzeren staven waaraan ik me optrok waren ijskoud en glad. Brandtrap is luxueus uitgedrukt voor een partijtje stalen beugels waarvan de uiteinden in de muur zijn gemetseld. Eenendertig meter omhoog. Ik dwong mezelf niet na te denken maar snel te klimmen.

Conditioneel was er geen probleem, constateerde ik toen ik me eenmaal over de stenen balustrade op het buitenplat liet rollen. Ik hijgde nauwelijks en mijn hartslag daalde snel toen ik luisterde of er in de duinen een terreinwagen naderde.

Ik huiverde. Het bleef stil, op de gierende wind na, die me papperige vlokken in het gezicht blies.

De toegangsdeur naar de eerste verdieping ging ik op de oude manier te lijf. Ik haakte mijn pinpas achter de slotpin en trok hem voorzichtig naar me toe. Eenmaal binnen hoefde ik niet te wachten tot mijn ogen waren gewend aan de duisternis. Ik kende de weg blindelings.

Ik liep naar de kleedruimte en deed het licht aan, ik wist waar Romans locker stond. Ik stak de bandenlichter, die al die tijd achter mijn broeksband had gezeten, in de spleet bij het slot. Na wat wrikwerk schoot de deur open. Ik tastte op de bovenste schap, waar de gevoelige uitrusting ligt. Romans duikcomputer kreeg ik meteen te pakken en ik ging op de grond zitten. Mijn voormalige maten werkten nog met dezelfde spullen als in mijn tijd.

Ik vroeg het archiefmenu op en scrollde naar Angela's sterfdatum. Hij had die dag slechts één duik gemaakt, die om tien over vijf die middag begon en ruim drie kwartier later werd beëindigd. Volgens Ties Pletter haalde hij die namiddag een mijn op, die in de netten van een visserskotter terecht was gekomen en die ze weer overboord hadden gezet. Ik liet een versnelde reconstructie van die duik op de display afspelen. Roman maakte een keurig gecontroleerde afdaling naar twintig meter en bleef daar veertig minuten rondhangen. Daarna volgde een opstijging met de nodige stops. Het was een operatie volgens het boekje. Met de opgegeven coördinaten zoeken op de plek waar de mijn moest liggen en een springlading aanbrengen. Terug met de rubberboot naar de mijnenjager en dan de ontploffing.

Ik stond op en brak het deurtje van Teds locker open. Ik liet zijn computer hetzelfde programma afdraaien en vergeleek tijdstip, bodemtijd en diepte. Dezelfde als van Roman, constateerde ik. Ze waren op dezelfde missie gestuurd, dat klopte. Tenzij … Tenzij ze de bekende wisseltruc hadden toegepast. Maar met wie? Ik keek de rijen lockers langs. Er zat niets anders op dan al die stalen deurtjes open te breken en alle computers te controleren. Ik bedacht waar ik op moest letten … een duoteam dat opviel doordat ze op een paar meter diepte waren blijven hangen en halverwege de duik naar de oppervlakte waren gegaan … Ik pakte de beide computers en legde ze terug op de schappen. In mijn haast trok ik bij Roman een plastic doosje mee, dat opensprong toen het op de grond viel. Er rolde een noodbaken uit. Het nieuwe model.

Het aanslaan van de lift gaf me een schok. Een paar seconden aarzelde ik. Wat of wie kon me hebben verraden? Ik rende naar het buitenplat en loerde over de balustrade. Twee terreinwagens stonden voor de ingang, met draaiende motor. Ik rende weer naar binnen en ontdekte toen pas de knipperende led van de detector boven de deur. Expert van niks, vloekte ik mezelf uit, de veiligheidsbeambte die zich laat betrappen door een simpel anti-inbraaksysteem …

De zoemende lift dwong me snel te handelen. Ik stak Romans noodbaken bij me, en ook dat van Ted. Als er nog aanwijzingen waren te vinden, dan zaten ze daarin. Ik duwde deuren dicht, deed het licht uit en haastte me naar buiten. Daar klikte ik de buitendeur zachtjes achter me in het slot. Ik haalde diep adem voordat ik over de balustrade klom en me sneller liet zakken dan ooit. De terreinwagens stonden aan de voorkant dus ik bleef in de schaduw van de toren toen ik wegrende. Binnen een paar seconden was ik onzichtbaar tussen de dennenbomen.

Ik kende het terrein en had maar een half uur nodig om het hek te bereiken, zo ver mogelijk van de hoofdingang. Ik gooide mijn overjas als bescherming over het prikkeldraad en klom tegen het gaas naar boven. Met een koprol belandde ik aan de andere kant. Mijn jas moest ik aan flarden trekken om hem terug te krijgen, de enige schade die ik die dag opliep.

Daarna belde ik Franca en liet haar weten waar ze me kon oppikken. Toen ik het portier opentrok, zag ik op haar schoot een stel brieven en enveloppen liggen.

'Je ziet eruit als een zwerver', zei ze toen ik bezweet en besmeurd instapte.

'Mag je me dadelijk in bad stoppen en afsoppen', antwoordde ik.

Ze knikte alsof het idee haar niet tegenstond. Ik deed de binnenverlichting aan en haalde de twee noodbakens tevoorschijn.

'In mijn tijd doken we nog met de eenvoudige types', zei ik. 'Gaven alleen door wáár je op een bepaald moment dobberde. Ze berekenen met satellietsignalen de coördinaten van je positie. Via een radiosignaal zenden ze dat weer uit naar de schepen en heli's die je aan het zoeken zijn. Deze nieuwe modellen noteren ook waar je ondertussen bent geweest. Probleem is dat je een speciaal programma nodig hebt om het ding uit te lezen. Maar daar hebben we een mannetje voor.'

Ik haalde de krantensnipper waarop Ties zijn telefoonnummer had geschreven uit mijn binnenzak.

'Mijn old boys network bestaat uit maar één lid, en dat is genoeg. Heb jij nog iets?'

'Die envelop, daar zat een kopie van een afscheidsbrief in, ik denk van …'

Ik trok de papieren uit haar handen en bekeek ze. Ik begon opnieuw te zweten toen ik het handschrift herkende. Het was van Frizo.

'Die kopie is een bijlage bij een brief die Angela had opgesteld', legde ze uit. 'Aan de verzekeringsmaatschappij. Ze maakt duidelijk dat het geen ongeluk was waardoor Frizo omkwam. Dat er valse getuigenissen zijn afgelegd. Roman is de gebeten hond. Ze laat doorschemeren dat hij de zaak heeft geflest.'

'Heeft hij ook', zei ik. 'Maar hij heeft Angela onderschat. Ik ook trouwens, ik heb nooit vermoed dat zij die afscheidsbrief had ingepikt. Ik dacht eerder aan Mylène. Zij zou de poen incasseren.'

'Angela schrijft dat hij een deal met Mylène had gemaakt op fifty-fiftybasis.'

'Ligt voor de hand. Ze hadden elkaar nodig.'

'Waarom zou ze die handel niet verstuurd hebben?' vroeg ze en ze gaf het antwoord zelf: 'Omdat het haar levensverzekering was?'

'Klinkt logisch', zei ik. 'Daarom heeft ze het hele zootje ook aan zichzelf geadresseerd. Niemand verwacht dit explosieve materiaal bij inkomende post. Wie hierop aast, let vooral op de uitgaande brieven.'

Ik leunde achterover. Franca startte de motor.

'Iemand heeft haar bureau namelijk al een paar uur na haar dood uitgekamd.'

We dachten allebei aan Roman, maar we wisten dat hij daar niet geweest kon zijn, hoewel die brief zwaar weer voor hem zou betekenen. Oneervol ontslag, een rechtszaak en naar zijn droombaan kon hij dan ook wel fluiten.

'Hij heeft een contact in de jungle', zei Franca toen ze voor mijn flat parkeerde. 'Iemand die hem heel goed gezind is.'

VII

In mijn flat wrikte ik twee pizza's los uit het aangekoekte ijs in de vriezer. De houdbaarheidsdatum kon ik niet meer ontcijferen maar ik durfde de gok wel aan. Voor de zekerheid zette ik de oven op 275 graden. Heet genoeg om alles te doden wat de maandenlange vrieskou had overleefd.

Ik vond nog een paar flessen wijn in een boodschappentas en maakte er een open. Ik schonk twee glazen in en gaf er een aan Franca. Ze proefde en schoot in de lach. Ik volgde haar blik. Franca's glas met champagnelikeur en theekopje van die vrijdagavond stonden nog op tafel, allebei vol.

'Alsof ik niet weg ben geweest', zei ze.

Ik pakte de glazen en bracht ze naar de keuken.

'Sorry, ander onderwerp', riep ze me na. 'Heb je geen leenwagen van de verzekering gekregen?'

'Nee', riep ik terug. 'Die meneer die de politie namens mij belde, heeft verklaard geen aangifte te doen. Mijn auto is gewoon naar de sloop gegaan. Dan doet de verzekering helemaal niks.'

'Ga je dan vanaf nu met de trein?' vroeg ze.

'Treinen zijn voor mij taboe', verklaarde ik. 'Tenminste, als ze uit Duitsland komen.'

'O, meneer is te goed voor het openbaar vervoer?'

'Nee, dat is het niet', zei ik. 'De Duitsers gebruiken beenderas van varkens in de remsystemen.'

Ik had de afgelopen zondag tussen het piekeren door een paar maal afleiding gezocht in zinloze zoekacties op internet. Franca gooide de kurk naar mijn hoofd.

Ik ving hem op en hield hem voor haar neus.

'Hier, nóg een doodzonde', zei ik. 'Deze inferieure kurken bestaan uit korreltjes die aan elkaar zijn geplakt met een collageen dat ook afkomstig is van gemalen varkensbotten …'

'Echt?' vroeg ze.

Ze klonk zo teleurgesteld dat ik loog: 'Nee, geintje.'

Mij maakte het toch niks uit. Pas nadat ik de gloeiende pizza's op tafel had gezet, viel me op dat mijn antwoordapparaat knipperde.

'Sorry', zei ik. 'Ik ben blind geworden voor knipperende leds.'

Ik drukte de afspeelknop in. Even later hoorden we de stem van Mylène. Ze vroeg me alleen of ik langs kon komen. Het klonk zo dringend en tegelijk gelaten dat ik haar meteen terugbelde. Toen ik was uitgepraat had Franca alles van haar pizza opgegeten waar geen salami lag. Ik stopte de overgebleven stukken in mijn mond.

'We moeten weer op pad', zei ik.

'De lul!' barstte Mylène uit.

Ze had bij de voordeur op ons staan wachten en liep voor ons uit naar de huiskamer.

Dat sloeg beslist niet op Frizo, van wie ik meteen de grote foto op haar bureau zag. Ze had een paar waxinelichtjes aangestoken. In dat flakkerende licht werd zijn melancholieke gezicht nog droeviger.

'Wie is die "lul"?' fluisterde Franca.

'Roman', bitste Mylène achterom.

Ook dat klonk als een scheldwoord. Ik gaf haar een korte omhelzing.

'Franca ken je nog?'

Ze kalmeerde iets.

'Hij had al die smeerlapperij bij Frizo verstopt', zei ze. 'Alleen dit hier lag bij hem thuis.'

Ze hield een dvd-hoesje omhoog.

'Ik was aan het poetsen geslagen in het huis van Angela. Zelf laat hij de boel maar de boel.'

Ik knikte.

'Ik moest wat doen. Het was een troep met al dat volk dat langs is geweest. Opeens kon ik er niet meer tegen en ik zette Angela's lievelings-dvd op.'

Ze drukte een zakdoekje tegen haar neus. Ik herkende de cover van Tina Turners *All the best*.

'Sorry', zei ze. 'Alles komt terug. Die toestand met Angela en die lul die gewoon weer aan het werk gaat. Alsof het niks uitmaakt dat ze er niet meer is. En hij heeft Frizo bezoedeld met die rotzooi.'

'Je was in de woonkamer aan …' hielp Franca.

'Ik schrok me kapot toen ik zag wat erop stond', zei ze.

Ze duwde me het doosje in de handen.

'Kijk zelf maar', zei ze. 'Niks Tina Turner. En dan mag jij me vertellen of dit normaal is.'

'Wat staat er dan op?' vroeg Franca.

'Porno', antwoordde Mylène.

Ze meed mijn blik maar ik bleef haar aankijken.

'Angela', zei ze en terwijl ze zich omdraaide, mompelde ze: 'Met anderen.'

We zwegen verbijsterd.

'Bedoel je dat Angela …'

Ze maakte een geluid dat tussen slikken en snikken lag.

'Ze doet het open en bloot met een man die ik niet ken.'

'En de rest van die dvd's?' vroeg ik.

'Roman heeft de sleutel van Frizo's schuurtje', zei ze. 'En dat vond ik ook prima. Soms heeft hij een dingetje nodig van Frizo's uitrusting en dan mag hij dat gewoon pakken.'

Ze keerde zich naar de foto.

'Zo wilde hij het, toch?'

'Hij was onze buddy', beaamde ik.

'Ik wilde vanmiddag voelen dat hij er nog is', ging ze verder. 'Iets van hem aanraken, snap je?'

Ik geloof niet dat het ertoe deed of ik het snapte maar ik zei dat ik me Frizo als een fijne vent herinnerde.

'Dat wilde ik weer voelen!' zei ze heftig. 'Dat hij niet is doodgegaan omdat het niet meer ging, maar dat er méér was.'

Ik opende mijn mond maar ze ging snel door.

'Ik wilde zijn spullen aanraken. Het schuurtje was van hem, daar kun je hem inademen. Ik heb wat in zijn spullen gekeken, zomaar en toen vond ik … kom mee.'

Ze liep naar de keuken. We volgden haar naar het spoelschuurtje van Frizo. Alles stond er nog alsof hij zo zou kunnen binnenwandelen.

'Hierheen', zei Mylène.

Ze rinkelde met een sleutelbos en opende een stalen kast in de hoek van de schuur. Ik herkende het tropenduikpak van Frizo. Op de planken daarboven stonden keurig gerangschikt zijn logboeken en zijn studieboeken. Mylène schoof het duikpak opzij. Erachter stond een doos met het logo van de gemeente Helzijl.

'Het viel me onmiddellijk op', zei Mylène.

'Wat zit erin?' vroeg ik.

'Spullen van Angela's werkplek', zei ze. 'Kijk zelf maar.'

Ik maakte de doos open. Er zaten een paar vakantiefoto's in, een boek over timemanagement, een kettinkje en een pen. En twee dvd-doosjes.

'Wat is daarmee?' vroeg Franca.

'Dezelfde smeerlapperij', antwoordde ze. 'Ik heb even gekeken en het weer teruggestopt. Neem die troep alsjeblieft mee, ik wil het niet in mijn huis hebben.'

'Dat kan niet', zei ik. 'Dit is van Angela …'

'Waarom heeft Roman dat hier verborgen? Waar is hij bang voor?'

Ik pakte de doos en we liepen achter haar aan. In de huiskamer trok ze de panden van haar vest onder haar kin bij elkaar, alsof ze het koud had. Ze liet haar tranen nu de vrije loop.

'Van Angela snap ik het niet en van Frizo ook niet. Hij had voor alles een systeem. Maar hij kreeg zijn leven niet op orde en ik weet niet waarom dat niet lukte.'

'Ik ook niet, Milleke, ik ook niet.'

Ze had eindelijk toegegeven dat Frizo zelf een einde had gemaakt aan wat hem kwelde. Hoe onbegrijpelijk ook. En dat ik haar bij haar koosnaampje noemde, zoals Frizo altijd deed, dat maakte het er ook niet vrolijker op. Maar ik geloof dat het haar wel opluchtte. En ik snapte nog beter welk gat Frizo's dood in haar leven had geslagen.

Eenmaal thuis herkende ik meteen de locatie van dvd nummer één. Het interieur van Angela's camper, om precies te zijn: de driekwart meter hoge verdieping boven de bestuurderscabine. Angela zelf verscheen na een halve minuut, toen ze in het bed klauterde, dat plaats bood aan twee personen. Ze deed haar bikini uit en knipoogde in de camera.

'Ze weet dat ze wordt opgenomen', zei Franca, die achterovergeleund aan haar wijn nipte.

Achter Angela kroop ook Beer naar boven. Hij had een bierflesje bij zich en droeg een groot formaat zwembroek, waarvan Angela hem snel verloste.

'Hoe kieskeurig je bent, moet je zelf weten', merkte Franca op. 'Maar om dat nou allemaal vast te leggen …'

'Aan wie gaf ze die knipoog, denk je?' vroeg ik. 'Aan Roman?'

'Er zijn mannen die het opwindend vinden om hun eigen vrouw met een ander bezig te zien.'

Er begon een lange vertoning, begeleid door gezucht en gepuf, hoofdzakelijk van Beers kant.

Ondertussen kauwde ik op stukken koud geworden pizza en werkte die weg met slokken wijn. Van beide proefde ik weinig. Franca spoelde af en toe versneld door tot waar de vrijpartij het hoogtepunt naderde. Ik keek gebiologeerd toe hoe Beer eerst naast Angela lag en na het nodige wrijf- en poetswerk op haar klom. Zijn gezicht kwam akelig dicht bij de camera toen hij als een stoomlocomotief begon te stoten. Zijn mond vertrok tot een pijnlijke grijns, alsof hij een zware kast moest versjouwen.

De beeldkwaliteit was uitstekend hoewel het camerawerk niet

spectaculair genoemd kon worden. Er werd vanuit één vast standpunt gewerkt. Ik vroeg me af waar de camera was verstopt. Het moest een wandkastje zijn, besloot ik, waarvan ik steeds had gedacht dat het een kluisje was.

Na een paar tellen al werd Beer te zwaar voor Angela en maakten ze een rol van honderdtachtig graden. Angela keek nu recht in de camera. Ze maakte er een mooie show van. Met overdreven getuite lippen en een half geopend mondje suggereerde ze extase. Dat ze niet op een echte pornoster leek kwam omdat ze regelmatig naar de camera grijnsde en soms opzichtig op haar horloge keek. Toen Beer klaarkwam, rolde ze met haar ogen. Hij pakte haar hoofd en drukte het tegen zijn hals en bleef voor dood liggen. Na een paar minuten nam hij een slok bier en vroeg aan Angela of ze ook wilde klaarkomen. Het antwoord kon ik niet verstaan omdat hij zich verslikte en een hoestbui kreeg. Angela liet zich van Beer af glijden en keek zelfs bezorgd. Ze trok een olala-gezicht naar de camera en ging op de rand van het bed zitten. Beer legde zijn vrije hand op haar bovenbeen. Angela pulkte iets weg uit haar schaamhaar en trok haar bikini aan.

'Maak een beetje haast met dat BIBOB-onderzoek', begon ze. 'Justin wil je zo snel mogelijk als binnenstadmanager op dat faciliteitencentrum zetten.'

Beer trok een klaaglijk gezicht.

'Ik heb al het nodige weggewerkt wat die Sambojongens kan dwarszitten', zei hij. 'Maar ik kan niet elke keer met hele stapels naar de papierversnipperaar lopen. Dat valt op. En types op Justitie loeren ook mee over mijn schouder.'

'Kom op, die hebben hun handen vol aan de achterstand in hun eigen zaakjes. Je ziet spoken. Als alles achter de rug is ga jij de tent voor die offshorejongens runnen. Op één voorwaarde: in de tent drink jij geen druppel. Dat bewaar je maar voor thuis.'

'Fanny werkt godzijdank goed mee', zei Beer. 'Ze tekent al die verklaringen-van-geen-bezwaar ongezien. En wij, hoe gaan wij verder?'

Angela snoof voordat ze zich liet zakken. Alleen haar hoofd stak nog boven het bed uit.

'Wij …?'

Ze wierp een blik van verstandhouding naar de camera. Het scherm bevroor. Kennelijk schakelde ze de opnameapparatuur uit via een knop onder het bed. Onder in beeld stonden de datum en tijd. Het hele gedoe had 14 minuten en 27 seconden geduurd en de opnames dateerden van zes maanden voor haar dood. Ik rekende uit dat ik na die periode de eerste contacten met haar had.

'Waarom laat ze die aftandse aap over haar heen gaan?' vroeg Franca.

'Ja, waarom neuk je met mannen die je niet interesseren?' vroeg ik. 'En waarom neem je dat op?'

'Om ze uit je hand te laten eten', zei Franca. 'Op het moment dat het nodig is.'

'En af en toe knipoog je dan lief naar het mannetje achter de camera', zei ik.

Ik vroeg me af of ze mij ook had opgenomen en hoe ze in de lens had gekeken. Ik schonk de fles leeg in onze glazen en legde de tweede dvd, die Roman in een hoes van Tina Turner had verstopt, in de lade. Ik nam een flinke slok en zette me schrap.

'Eens kijken waarom hij die thuis bewaarde', zei Franca.

Hetzelfde bed kwam weer in beeld. Ik stond op het punt om te bekennen dat ik misschien wel de ster van deze aflevering zou worden maar ik hoorde de donkere stem van Justin Plaat al, en meteen daarop schoof hij zelf op het bed.

Hij droeg een gestreepte broek en een poloshirt. De camera registreerde dat hij zijn tasje met agenda en mobiel op het voeteneind neergooide en ging liggen. Aan zijn hiel en tenen plakten zandkorreltjes. Angela volgde hem terwijl hij opmerkte dat het uitzicht hem goed beviel. Dit keer had ze alleen een rood stringetje aan en het kippevel op haar kuiten verraadde dat ze het koud had.

Vrij snel daarna zagen we hoe Plaats broek werd afgestroopt en ook zijn onderbroek, en hoe Angela's stringetje daar weer bovenop kwam te liggen. Vervolgens mochten we meegenieten van de stoeipartij die aan het vrijen voorafging.

'Zie je wel, die hebben het goed samen', was Franca's commentaar.

Angela's kreunen klonk inderdaad heel wat enthousiaster en waarachtiger dan de kreetjes die ze er bij Beer uit hikte. Toch duren twintig minuten lang als je niets anders te zien krijgt dan twee harige benen en daartussen twee niet-harige benen die niet veel meer doen dan spartelen. En de bijbehorende teksten blonken niet uit door diepzinnigheid. Daarom spoelde Franca geregeld door. Ondertussen liep ik naar de keuken en zocht de kurkentrekker.

'Ze zijn klaar!' riep Franca.

'Je kon erop wachten', mompelde ik.

Een tweede kreet van Franca deed me terugsnellen. Ze zat op het puntje van mijn bureaustoel en wees naar het beeld.

'Let op, hij schrijft iets op', zei ze gespannen.

Ik begreep niet dat haar dat zo kon opwinden tot ik zag waarop Justin Plaat zijn aantekeningen maakte. Angela was weggegaan en Plaat lag in zijn eentje in dat bed. Hij praatte met rustige stem tegen iemand die iets voor hem moest opzoeken.

'Hij belt met zijn secretaresse', zei Franca. 'Hij heeft een oortje ingedaan.'

Plaats handen rustten op zijn onderbuik. Het was een geluk dat hij geen erectie meer had, want daardoor kreeg de camera het stapeltje papiertjes dat hij vasthield in beeld. Het logo van Economische Zaken was duidelijk te onderscheiden.

'Dat zijn die oude memopapiertjes', zei Franca. 'Ik heb ze gezien in het jubileumboek.'

'Die heeft hij twintig jaar geleden meegegraaid ...'

Plaat beëindigde het gesprek en riep Angela. Ze dook op naast het bed en hij gaf haar het memootje met een zwierig gebaar.

'Onze volgende date', zei hij. 'Op officieel papier nog wel. Ik heb er nog een paar dozen van. Laat dat maar aan je baas zien. Aanstaande maandag om vijf uur hier, dezelfde plaats.'

Ze bekeek het en begon te lachen.

'Daar tuint niemand meer in', zei ze. 'Deze memo's zijn er al jaren uit. Bovendien zit ik maandag in De Viersprong. Dan gaan we met de OR jouw plannen afschieten.'

'Kom toch maar', zei hij. 'Zal ik je bijpraten over de strategie om ze erdoor te jagen.'

Angela pakte het velletje en borg het weg in een zijvakje van haar tas.

'Regel je die post Security?' vroeg hij. 'Je moet de sic laten weten dat Roman en dat glibberige maatje van hem niet meer in beeld zijn.'

Angela knikte en trok een T-shirt over haar hoofd.

'Was het dan Justin Plaat die op de Kop van Helle op haar wachtte?' vroeg Franca. 'Waarom zou hij haar uitschakelen? Ze waren een dreamteam! Ze deed alles wat hij zei. En andersom ook, denk ik.'

Als om Franca's woorden kracht bij te zetten trok Plaat het hoofd van Angela naar zich toe.

'Jij en ik hebben haast', zei hij. 'Veel haast. Aan mij heb je meer dan aan je OR-vriendjes. Ik ben je grootste fan … Wij hebben zo verdomd veel toekomst.'

En als Angela's ogen nou maar even naar de camera waren geschoten, met zo'n ja-hoor-het-zal-welblik, dan hadden we geconcludeerd dat ze hem er ook in luisde. In plaats daarvan knikte ze glimlachend als een schoolmeisje en duwde ze haar hoofd in Plaats kruis om hem aan een tweede erectie te helpen. En met een overgave die ik niet van haar kende. Ik stootte tegen Franca's knie.

'Ik ben je grootste fan', herhaalde ik. 'Hij was die verdomde fan van dat briefje! En híj was ook die persoonsgebonden faciliteit. Alle anderen kregen een fijn baantje. Je hebt net gehoord waar ze Beer mee lijmden. Stond in die papieren die Roman ons meegaf. Maar zij kreeg Plaat cadeau.'

'En hij haar', zei ze. 'Hij was echt aangeslagen, ik zei het je. Hij bracht zijn geliefde weg. Dat voelde ik heel duidelijk. Maar hij kon dat verdriet aan niemand kwijt.'

Mijn blik schoot naar de datum. De opname was op de woensdag voor haar dood gemaakt.

'Aan niemand?' vroeg ik. 'Behalve aan degene die dit gezien heeft. Of zou ze niet weten dat ze nu ook werd opgenomen? Ze heeft geen teken gegeven.'

'Bedoel je dat iemand haar ook stiekem opnam? Wie dan? En hoe?'

'Roman', zei ik. '"Wij hadden zo verdomd veel toekomst", dat zei Roman letterlijk tegen mij toen we in dat schuurtje bij hem stonden. Maar dat sloeg niet op zijn carrière aan de wal. Die heeft ze hem zojuist door de neus geboord.'

'Waarom?' vroeg Franca. 'En wie kreeg er dan voorrang?'

Ik wees op mezelf.

'Het is de vraag of ik voorrang zou némen. Mijn carrière is altijd onvoorspelbaar geweest.'

Pornofilmpjes kunnen een hitsige uitwerking hebben. Maar de lol gaat ervan af als je voor je werk moet kijken. En als je zelf de hoofdrolspeler bent, verandert het kijkgenot in een lustkiller. Tenminste, zo werkte dat bij mij, want op de derde dvd had Ray Sol himself de hoofdrol. Ik greep naar de afstandsbediening en wilde op de ejectknop drukken maar Franca griste het ding uit mijn handen.

'Schenk nog eens bij', zei ze en ze hield haar glas omhoog.

Aan de wijn nippend volgde ze mijn verrichtingen. De opnames waren half augustus gemaakt, tijdens een hittegolf. Het werd al snel een glibberige boel daar in dat bloedhete hok. Angela en ik hadden er niet veel tekst bij. Af en toe keek ik schuin naar Franca. Ze moest een paar keer lachen.

Toen Angela het luikje openzette om de hitte te laten ontsnappen, had dat een moment kunnen zijn om een spottende boodschap naar de camera te sturen. Ze beperkte zich tot een vermoeid lachje dat van alles kon betekenen. Daarna bleven we uitgepierd liggen. Het duurde zo lang dat het leek alsof de dvd-speler was vastgelopen.

'Nu zijn we in slaap gevallen', verklaarde ik.

'Ziet er lief uit', vond Franca.

'Ik dacht toen nog dat ze het deed om me door de shit te slepen van Frizo's dood', zei ik.

'Heeft ze ooit om gunsten gevraagd? Om iets te verzwijgen of om informatie uit het archief van Interne Veiligheid te krijgen?'

Ik schudde mijn hoofd.

'Kon ze me ook zo wel om vragen', zei ik. 'Ik mocht haar wel. Ik leunde sterk op haar als het om OR-kwesties ging.'

Dat was zwak uitgedrukt. Tijdens dit soort uitjes gaf ze me gewoon instructies.

'Misschien hield ze je aan de leiband', zei ze. 'Vertrouwen én controle, de ideale combinatie.'

'Ik was een tussendoortje', gaf ik toe. 'En Roman had zich tot de herenliefde bekeerd. Vind je me naïef?'

'Onderschat jezelf niet', antwoordde ze. 'Misschien vond ze je gewoon een leuke vent. En corrupt of niet, ze vond je geschikt als ambtenaar.'

Daarvan was ik zelf niet overtuigd, al vanaf de eerste dag dat ik de jungle binnenstapte, en dat vond ik eigenlijk ook van Franca.

'Andere discussie, ander moment', zei ik.

Ik vond het een klotegedachte dat Roman al een tijdje wist dat Angela en ik aan het rommelen waren. Als hij echt had gewild dat ik de omstandigheden rond Angela's dood onderzocht, had hij me dit materiaal eerder gegeven. En hij had me die dvd's met Beer en Plaat kunnen geven om me op een dwaalspoor te zetten. Nu stonden we weer tegenover elkaar, net zoals na Frizo's dood. Alleen kon ik dit keer terugvechten.

De volgende ochtend liet ik Franca achter in een soort halfslaap. Ik had haar in mijn bed laten slapen. Nadat we elkaar de garantie hadden gegeven dat we van elkaar zouden afblijven, was ik naast haar gaan liggen. Ze murmelde de vraag wat ik ging doen en ik zei dat ik heel even voor een boodschap de deur uit ging. Daarna krulde ze zich op onder het dekbed. In mijn tas zaten de bakens en de R630. Ik kleedde me geruisloos aan en liet een briefje met een paar instructies achter.

Buiten rook het naar de eerste vorst. In de verte hoorde ik het brommertje van een krantenjongen wegsterven. Ik startte Franca's auto, reed de hoek om en stopte.

Daar belde ik Ties Pletter. Hij klonk wakker, wat ik ook verwacht had. Zes uur 's ochtends vindt hij de fijnste tijd van de dag, vooral omdat het volgens hem zo lekker rustig is. Daar bracht ik dan verandering in. Ik legde hem niet alles uit, maar wel genoeg om hem zo ver te krijgen dat hij zich een uurtje later bij de hoofdingang van het terrein om de toren meldde.

Hij begroette me met de gebruikelijke grappen over mijn verlopen kop en dat ik een jetlag had door dat vroege opstaan.

Hij werd minder spraakzaam toen de wachtposten meldden dat er die nacht een indringer was geweest en dat er in de toren was ingebroken.

'Door wie?' vroeg hij.

De wacht haalde zijn schouders op.

'Is er iets meegenomen?'

Hij kreeg dezelfde reactie.

Tijdens het ritje door het maanbeschenen duinlandschap zuchtte hij een keer diep.

'Heb je überhaupt wel geslapen vannacht?' vroeg hij.

'Ik had damesbezoek', zei ik en om hem verder af te leiden vroeg ik: 'Wat staat er voor vandaag op het programma?'

'Berging van een vermiste duiker. Onder water een stroming die van alle kanten komt en een springlading op scherp. Boven water windkracht tien en een hoosbui. De eindproef voor onze TT. We moeten opschieten. Ze komen om acht uur. Ik speel voor duikmeester.'

Bij het uitstappen keek hij me indringend aan.

'Dit soort dingen doe je maar éénmaal in je leven voor iemand', zei hij.

'Dat is genoeg', antwoordde ik.

Hij worstelde met zijn loyaliteit. Je laat elkaar niet vallen, je dekt elkaar door dik en dun, je matst elkaar en je naait je maten nooit, het draaide allemaal om die verdomde buddywet. Daarom bleef hij ook contact met me houden na Frizo.

Het stafkantoor is onder in de toren. Ties maakte de deur open en startte de computers. Uit een bureaulade haalde hij de uitleesapparaten. Hij werd zwijgzamer dan ik hem ooit had meegemaakt. Hij nam de noodbakens van me over en klikte ze in de houders. Daarna riep hij het bijbehorende programma op.

'Als er niks aan de hand is, blijft dit onder ons', zei ik.

Zijn blik zei dat hij dáárop wel vertrouwde, maar dat hij zich vooral zorgen maakte voor het geval er wél iets rottigs uit kwam rollen.

'Ik ga naar boven', kondigde hij aan toen de eerste rijen gegevens verschenen. 'Breng je die dingen terug als je klaar bent?'

Ik salueerde en richtte me op de monitor. Ik begon met het baken van Roman en dwaalde van de frequenties waarop het noodsignaal was uitgezonden naar de datum van Angela's dood. Ik wilde net zijn posities opvragen, toen ik de stemmen van Roman en Ted hoorde.

Ik bewoog me niet en wachtte af tot ik ze de lift in hoorde stappen. Ik telde tot tien voordat ik een aanslag op het toetsenbord maakte. Er verschenen een hoop coördinaten.

Ik maakte er een uitdraai van en vroeg de bijbehorende landkaart op. Het programma gaf meer dan ik had verwacht. Op het scherm verscheen een gedetailleerd satellietbeeld. Meteen daarop startte een simulatie. Op één kilometer van de kust dook een rood driehoekje op, dat koers zette naar het zuidoosten. Het bewoog zo snel dat ik concludeerde dat ze de gashendel van de zodiac in de hoogste stand hadden gezet. Het driehoekje vertraagde op een paar honderd meter voor de kust en bleef daar een tijdje stilliggen. Ze waren op volle zee, op de plek waar ze de mijn onschadelijk moesten maken. In die stand bleef het driehoekje beweginloos liggen. Ik versnelde de simulatie maar er gebeurde niets, totdat ze plotseling weer vaart maakten, nu richting noordwesten om na een kilometer weer tot stilstand te komen.

'*Returned to base*', mompelde ik.

Ze hadden keurig gedaan wat ze moesten doen: naar een mijn varen, een springlading aanbrengen en wegwezen. Ik bekeek de tijd die ze erover hadden gedaan. Het was minder dan een uur. Om precies te zijn: 59 minuten en 17 seconden. Een routinekarweitje. Mooi uitgevoerd binnen de tijd die ervoor stond. En geen contact met de wal gemaakt.

Goeie buddy's blijven bij elkaar, altijd en overal. Maar voor de zekerheid controleerde ik toch het baken van Ted.

Ook zijn driehoekje schoot naar het zuidoosten en kwam tot stilstand op dezelfde coördinaten als die van Roman.

Ik wachtte.

Op het moment dat ik de simulatie in *fast forward* wilde afdraaien, kwam hij in beweging. Teds driehoekje schoof met grote snelheid naar de kust en bleef daar een tijdje stilliggen. Ik ging rechtop zitten, bracht de cursor naar die plek en vroeg om de locatienaam. In witte letters verscheen: Kop van Helle.

Daarna werden de manoeuvres diffuser. Teds driehoekje draaide een keer rond, bewoog zich een millimeter naar rechts, waarna het weer terugschoot naar het westen. Het driehoekje vertraagde weer en bleef liggen op de plek waar Romans driehoekje al die tijd had stilgelegen. Ik zette de simulatie voorzichtig op forward. Na vijfenveertig minuten herhaalde het patroon zich. Het driehoekje schoot weer naar de kust, bleef daar even liggen en vervolgens bewoog het weer terug naar de locatie van de mijn. Daarna ging het snel richting noordwesten.

Ik reconstrueerde wat er gebeurd moest zijn en werd koud bij wat ik bedacht. Ze hadden in tijdnood gezeten, maar ze hadden het gered: terwijl Roman de mijn onschadelijk maakte, had Ted hetzelfde met Angela gedaan. Ik greep de telefoon en belde naar mijn appartement. Franca meldde zich met haar kantoorstem.

'Ik ben in de toren', zei ik zacht. 'Ik heb de bakens uitgelezen. Ted was op de Kop van Helle, op hetzelfde tijdstip als Angela. Wat heb jij gedaan?'

'Wat jij had opgeschreven', zei ze. 'Ik heb Justin Plaat gebeld.'

'En?'

'Angela stuurde hem die maandagmiddag een sms'je', zei ze. 'Op het allerlaatste moment. Om af te zeggen. Hij was al op weg en hij is toen maar naar het gemeentehuis gegaan om met Vetboer te overleggen ... dat is te controleren.'

'Dan is ze gedwongen om dat berichtje te sturen, of iemand heeft dat namens haar gedaan', zei ik.

'Wat zei hij over die baan voor Roman?'

'Ze hadden jou inderdaad op het oog.'

'Leuk om te weten.'

'Zou je de recherche niet inschakelen?' vroeg ze.

'Dat kan altijd nog.'

Nadat ik de computer had uitgezet en het kantoor had afgesloten, ging ik naar buiten om in de vrieskou mijn hoofd helder te maken. Ik vroeg me toch af of ik Franca's raad moest volgen. Ik besloot dat de straatjochies het niet beter zouden aanpakken dan ik.

Daarna draaide ik me om en liep langzaam via het trappenhuis naar boven. Onderweg passeerde ik de balkons met de kijkglazen. Ties had de onderwaterverlichting niet ingeschakeld. Halverwege bleef ik staan en probeerde iets te ontdekken in het water dat nog modderig was van de oefening 'zicht binnenkant bril'. Ik zag mijn eigen duistere spiegelbeeld, maar toen ik wilde doorlopen meende ik een lichtflits te zien. Ik drukte mijn gezicht tegen het centimeters dikke glas. Ik keek in een mistige duisternis.

Ties was in de kantine en maakte aantekeningen in een logboek. Zijn hoofd schoot omhoog en hij moet aan mijn gezicht hebben gezien dat er wél wat aan de hand was. Iets wat ik niet onder ons zou houden.

Hij blies zijn adem uit en liet zich achterovervallen.

'Roman is al naar beneden', zei hij. 'Ted kleedt zich om. Ik ga de machines maar eens aan het werk zetten.'

Hij liep langs me heen en sloeg me op mijn schouder.

'Het gaat zoals het gaat, Duiky.'

Ik wachtte tot ik de windmachine hoorde aanslaan.

In de kleedkamer stond Ted in zijn onderbroek voor zijn locker en bekeek de verwrongen rand van de stijl. Ik liet de deur met een klap achter me dichtvallen. Hij schrok op en keek me verbaasd aan.

'Goedemorgen meneer, zeggen we dan', begon ik.

Hij knikte en haalde zijn onderpak tevoorschijn. Hij zette een volgelaatsmasker naast zich op een bankje.

'Duiken we met de radio aan, TT?' vroeg ik. 'Niet zo sportief, hè?'

'Veiligheid', zei hij onwillig. 'Voor het geval dat.'

'Voor het geval Roman jou weer eens moet uitleggen wat je moet doen? Hij is dol op je, hè? Hij matst je aan de lopende band. Als je al die tests in je eentje moest opknappen, was je er hier allang uit gevlogen.'

Hij haalde zijn schouders op.

Ik ging op een paar meter afstand staan en bekeek hem nadrukkelijk.

'Schattig tattootje, TT', zei ik en ik wees naar een regenboog met een paar zonnen erboven op zijn dijbeen. 'Zijn dat de strepen en de sterren die je in het echt hoopt te scoren?'

'Gaat je niks aan', zei hij terwijl hij zijn thermosokken aantrok.

'Heb je die in Amsterdam laten zetten?' vroeg ik en ik verzon: 'Dat ontwerp hangt in die tattooshop naast Erotics ... ach, die tent ken je als je broekzak.'

'Ga je me lopen stressen?' vroeg hij. 'Hoort dat bij de test? Nou, mij maak je niet gek.'

'Je moet de groeten hebben van je holmaatje. En of je bij het vaste cabinepersoneel in de kelder wilt horen.'

Hij greep zijn droogpak en wierp me een onrustige blik toe. Ik haalde de R630 uit mijn tas en liet hem voor zijn neus bungelen.

'Jij kan mijn rug op' zei hij.

'Oei, jij hebt een grote mond', zei ik. 'Zelfs voor een pijphoertje.'

De schrik en de woede maakten hem onvoorzichtig.

Zodat hij een uitval deed, waarop ik een snelle pas opzij zette en hem naar voren trok. Waardoor ik mijn hak in zijn knieholte kon zetten en hij neerging omdat zijn kuitbeen brak. Zodat ik hem met mijn vuist een hamerslag op zijn voorhoofd kon geven. Waardoor hij de pijn niet meer voelde omdat hij buiten bewustzijn raakte. En zodat hij niet merkte dat ik hem in zijn eigen locker duwde en de deur dichtklemde met zijn sokken.

Teds spullen waren me een half maatje te klein, maar ik was ook niet van plan er een lange duik van te maken. Ik schoof de twee bakens om mijn arm en deed zijn cap op. Mijn gezicht verbergend achter Teds vinnen liep ik rond het bassin om een duikfles en zijn vest te halen. Ik zag de rubberboot drijven waarop de vermiste duiker moest worden gehesen.

Ik sloeg de loodgordel om mijn middel. Ted had een kilootje minder lood nodig dan ik maar dat compenseerde ik met de R630, die ik aan mijn duikvest vastmaakte. Ik trok de vinnen aan en zette het masker op.

Ondertussen verduisterde Ties de ruimte. De windmachine loeide op volle kracht toen ik de verbinding inschakelde. Door de herrie klonk plotseling Romans stem in mijn *earphones*.

'*Check, missing diver.*'

'*Connection,*' antwoordde ik met een neusstem. '*Check rescue diver.*'

'*Ay ay,*' was zijn antwoord.

Meteen daarop liet Ties een donderslag door de ruimte schallen. Ik stond aan de rand en aarzelde. Ties zwaaide met zijn armen.

'Vooruit, de soep in, bal gehakt', schreeuwde hij.

Ik ging op de rand van het bassin staan en maakte de mariniers-sprong.

Een tijdje bleef ik ruggelings liggen, op en neer slingerend in het water dat Ties lekker liet golven. Hij stuurde me nog een aansporing achterna die ik niet kon verstaan omdat hij er tegelijk een paar donderslagen doorheen joeg. Om het onweer compleet te maken liet hij de stroboscoop aan één stuk door lichtflitsen produceren. Ik trok aan het ontluchtingskoord. Langzaam zakte ik naar beneden.

Het vertrouwde geluid van mijn eigen ademhaling, de ontsnappende luchtbelletjes en de langzaam verspringende cijfertjes op de display van Teds computer maakten me rustig. En vastbesloten.

Ik daalde langzamer dan vroeger, wat te wijten was aan het weinige lood dat ik had meegenomen. Maar het gaf me de gelegenheid om mijn reflexen wakker te maken. Ik oefende een koprol, maakte een spiraalmanoeuvre langs de wand en testte of mijn vinnen goed vastzaten door zo snel mogelijk over te steken.

Daarna begon ik aan Teds opdracht: duiker op missie heeft zich vastgewerkt en kan niet meer omhoog, zijn lucht is op geraakt en hij is buiten bewustzijn, breng de man naar boven. Tot zover een makkie, maar het venijn zit 'm in de operationele toevoeging: los ook alle voorkomende problemen op. In dit geval het veiligstellen van de springlading die de duiker heeft meegenomen.

Op een oppervlakte van vijftig vierkante meter vind je het target tamelijk snel. Zeker als je systematisch de bodem afstroopt. Dus toen ik eenmaal beneden was, stuitte ik na een minuut of tien al op een vormeloze hoop touw. De missing diver was dit keer in een visnet terechtgekomen. Om hem niet te alarmeren knipte ik mijn lamp uit en begon voorzichtig de wirwar los te maken. De oefening schreef voor dat hij stil bleef liggen en zich voor dood hield tot ik hem aan de oppervlakte had gebracht.

Ik greep de R630 en hield hem klaar om hem om zijn polsen te slaan. Eenmaal geboeid zou hij niet kunnen opstijgen. Hij lag al een tijdje in het water en als zijn lucht op raakte, zou hij wel willen praten. Desnoods zou ik zijn kraan alvast dichtdraaien en hem voor elk antwoord een beetje lucht geven.

Ik wroette verder en probeerde in te schatten of hij op zijn buik of op zijn rug lag. De uiteinden van de touwen die ik losmaakte, dwarrelden mee met de lichte stroming die Ties veroorzaakte. Meestal maakt de missing diver zich zo zwaar mogelijk, zodat je hem letterlijk als een dood gewicht naar boven moet zien te krijgen.

De baal begon plotseling te bewegen toen ik een luchtslang te pakken kreeg. Op hetzelfde moment zag ik zijn geopende ogen in zijn duikmasker en realiseerde ik me dat hij me had opgewacht. Roman schoot omhoog uit de touwenbundel en stootte met beide handen tegen mijn masker. Ik maakte een duikeling achterover. Toen ik mijn evenwicht hervond, had hij zijn lamp aangeknipt. Hij scheen in mijn gezicht en verblindde me. Ik probeerde hem weg te slaan, maar hij was sneller. Hij zwom onder me door, trok me achterover aan mijn duikfles en hield me op armlengte voor zich zonder dat ik iets kon terugdoen. Het is de beproefde noodgreep bij duikers in paniek. Toen hij me losliet, had hij een buddylijn aan mijn duikfles vastgemaakt, merkte ik.

'Eindelijk weer eens met z'n tweeën, Duiky …' zei hij. 'Ik wist dat ik op je kon rekenen.'

Zijn stem klonk metalig in het audiosysteem. Ik zag zijn ogen van mijn hand naar mijn bovenarm gaan, waar de twee noodbakens zaten. De R630 bungelde nu aan zíjn vest.

'Je hebt je huiswerk gedaan', zei hij en hij gaf me een okeetje.

Hij moest me gezien hebben toen ik langs de trappen omhoogliep en door het raampje in het bassin staarde. Met de bakens in mijn hand. En die verdomde R630. Of hij had eerder al begrepen wat hem te wachten stond, toen hij de opengebroken lockers ontdekte. En ik sluit ook niet uit dat Ties hem had verklapt dat ik in het gebouw was. Om hem een kans te geven te verdwijnen. Roman bleef per slot óók zijn buddy. Maar daar had hij geen gebruik van gemaakt. Een tijdje bleven we schuin tegenover elkaar hangen.

'Was het jouw idee?' vroeg ik. 'De camera in de camper?'

Hij schudde met zijn vinger.

'Dat is veel te veel eer', zei hij. 'Maar de zaakjes zijn er wel door aan het rollen gegaan.'

'Wiens idee was het dan?' vroeg ik. 'Van Angela?'

'Zoek het hogerop', zei hij. 'Daar worden de smerige plannetjes bedacht.'

'Ook dat ze je ging inruilen?' ging ik verder. 'Op alle fronten nog wel?'

'Ze maakte verkeerde keuzes.'

'Jij niet? Jij had onze goede vriend Ted toch?'

'Ted is een ideale buddy', zei hij. 'Hij doet alles voor me. Hij leeft met me mee.'

'Zoals vorige week, toen Angela jou vertelde dat je het verder maar alleen moest zien te redden? Je dreigde de drie w's kwijt te raken, hè? Je wijf, je woning en je werk. Vond hij ook dat ze niet beter verdiende dan verzopen te worden? Hij is naar Angela gevaren en heeft haar overmeesterd. Had Tedje die haak al eerder tussen de basaltblokken geslagen? Hij is snel weggevaren nadat hij haar daaraan had vastgemaakt. Ondertussen was jij bezig de missie uit te voeren. En daarna?'

Hij wapperde met zijn vinnen zodat al het stof op de bodem opwolkte. Even verdween hij in een mist en prikte alleen zijn lamp door het duister. Ik maakte een paar slagen naar helderder water. Hij trok me terug aan de buddylijn.

'Hier blijven', zei hij. 'En daarna? Goeie vraag. Doe eens een gok.'

'Hij is teruggegaan om haar lichaam op de dijk te leggen. Maar die pin kon hij niet meer loskrijgen. Althans toen niet, later wel.'

Achter zijn masker zag ik Romans ogen knipperen.

'Jullie namen geen enkel risico. Kostte het te veel tijd om haar zelf te verdrinken of durfden jullie niet?'

'Waarom zouden we? Als we de zee dat werk konden laten doen … maar je hebt het goed uitgerekend, die tijd hadden we niet.'

'En voor het geval dat Tedje niet meer terug kon omdat het daar beneden bij die mijn tegenzat, lieten jullie het erop lijken dat ze er zelf een einde aan had gemaakt. Door zich vast te ketenen met spullen die ze zogenaamd zelf had gekocht.'

'Ze stond erom bekend dat ze de zaakjes grondig aanpakte. Dus dit paste wel in het plaatje.'

'Moest ze soms gestraft worden? Waarvoor?'

'Ze maakte te veel kapot', zei hij.

'Vooral jouw carrière? Je levensverzekering aan wal, Plaat zag jou niet zitten, hè? Een hoofd Security dat de beschikking heeft over dvd's die hem chantabel maakten. Nee, dan zocht hij liever een …'

'… een oetlul die doet wat hij zegt', vulde hij aan.

'Angela deed in ieder geval wat hij zei. Het staat allemaal op die dvd en daardoor wist je dat ze die maandag niet bij ons zat maar op de Kop van Helle. Wie speelde jou die dvd toe?'

'Zoek het maar weer hogerop', zei hij.

'Ik zal jou hogerop brengen', blufte ik. 'Nú.'

'Pas als ik ja zeg! Ga rustig door met je vragen. Ik geef je een hint: slaappillen.'

Hij schoot raak. Vanaf het eerste moment hadden die blinkende stripjes me beziggehouden. Als Angela werkelijk die pillen had ingenomen, waarom de mijne? Had ze me een signaal willen geven? Waarom had de dader een spoor naar mijn medicijnkast gelegd? Mijn zwijgen duurde Roman te lang.

'Wat jij vannacht langs de toren hebt gedaan, kunnen we ook bij jou thuis', zei hij. 'Al in onze tijd had jij slaapproblemen. Dat is één. Volgt twee: een beetje vent klautert van balkon naar balkon in die stapelhut van je. Met dank aan die zinloze maar solide antenneleidingen.'

'De tweede zelfmoord waar ik bij betrokken was.'

Hij gaf me een okeetje.

'En Ted wilde wel bewijzen dat hij een beetje vent is?'

'Weer gescoord, ga zo door.'

'Die afscheidsbrief was een geschenk uit de hemel, niet? Ze schreef dat ze niet verder kon, maar ze bedoelde: niet verder *met jou*. En die misère, waar ze een einde aan zag komen, sloeg op jullie huwelijk.'

'Het was een kans die ik niet kon laten liggen', gaf hij toe. 'Je zit helemaal in de wedstrijd, ga door.'

'Wie legde die factuurtjes in haar bureau?' vroeg ik. 'Is TT ook daar naar binnen geklauterd?'

'Naast. Oké, een voorzetje: het is dezelfde als degene die de dvd's heeft gemaakt.'

'Allemaal uit voorzorg?'

Hij gaf me een okeetje.

'Wie?' vroeg ik.

'Wie staat er niet op?' vroeg hij. 'Denk daar eens over na.'

Onze luchtvoorraad was voldoende om nog tien minuten langer door te gaan. Maar Roman had me de hele week al aan het lijntje gehouden. Ik wist niet wat hij van plan was en veel trek in een noodopstijging had ik niet.

'Zullen we boven maar eens verder praten?'

Ik trok aan de buddylijn maar ik voelde geen weerstand. Roman had zich losgemaakt.

'Neem dit maar mee.'

Hij hield de springlading voor mijn masker en zette zijn lamp erop. Het was een ander type dan die we voor de zeemijnen gebruikten. Dit was een kleefmijn waarmee we te werk gingen bij operaties waar een kleine explosie voor problemen moet zorgen. We noemden ze liefkozend 'baby's'. Je brengt er geen boortorens mee tot zinken maar ze volstaan om een flink gat te slaan in de huid van een jachtje of een speedboot. Hij wachtte tot hij zeker wist dat ik die oude vertrouwde baby had herkend en liet toen zien dat hij vastzat aan het andere uiteinde van de buddylijn. Binnen vijf meter was een baby toch nog altijd dodelijk en de lijn mat hooguit één meter. De ontsteking werkt met een tijdklok. Ik tastte achter me.

'Losmaken gaat niet lukken', zei hij. 'Daarvoor moet je heel lenig zijn. Dat ben je nooit geweest. En dan nog, ik heb hem aan je fles gezekerd. Maar praat rustig door.'

Hij keek op zijn computer.

'We hebben nog even ...' Zijn stem kreeg een triomfantelijke klank. 'Je wilt vast wel weten wie dat bakkie van jou naar de sloop heeft geholpen?' Hij gaf het antwoord meteen. 'Jij bent zo verrekte voorspelbaar. Hoe vaak eet jij bij Jops Keet? Of liever, hoe vaak eet je daar niet?'

'Je gaf me dat dossier om te ontdekken dat Angela zich in een wespennest had gestoken. Dat ze te hoog had ingezet en haar hand had overspeeld met die grote jongens aan tafel. Dat ze met iedereen aanpapte die ze kon gebruiken. En dat ze daardoor helemaal van het padje raakte. En daarna moest je die papieren natuurlijk weer terug hebben? Want jij wilde wel in het bedje vallen dat Angela voor je gespreid had. Samen met je maatje Ted.'

'Security is niks voor jou. Wie laat nou zijn mobiel in zijn zak zitten? Je maakte het Ted wel erg makkelijk. Dat kostte je definitief je wagentje.'

'Je hebt veel aan TT te danken ...'

'Ted wil maar één ding: mij.'

'En het baantje, dat je voor hem had gereserveerd. Hoe denk je hiermee weg te komen?'

'Een duikongeval. Denk je dat er onderzoek komt? Een overspannen ex-marineman die 's nachts inbreekt en een oude maat onder water lastigvalt? Die uit alle macht probeert te bewijzen dat zijn buitenechtelijke liefje is vermoord? Dat gaat de doofpot in.'

Hij keek weer op zijn computer.

'Tijd om het maar eens hogerop te zoeken.'

Hij liet de lijn los en knipte zijn lamp uit. Even was hij heel dicht bij me en ik voelde hoe hij mijn loodgordel lostrok en meenam. Met een paar slagen was hij uit mijn zicht verdwenen terwijl ik aan een ongecontroleerde opstijging begon. Ik grabbelde achter me, naar de baby die niet groter was dan een eierwekker en wreef over de display. Hij had me dertig seconden gegeven. Voor hem genoeg om weg te komen. Ik trok de clips van mijn vest uit elkaar en scheurde ook de klittenbanden los terwijl ik steeds sneller omhoogschoot.

Op dat moment liet Ties een straal water vanaf de zijkant in de toren spuiten om een onverwachte stroming te creëren. Ik werd weer naar beneden geblazen en tolde tegen Roman aan. Mijn duikvest wapperde om me heen als een cape in de stormwind.

Ties had er lol in want hij zette nu ook de kraan aan de andere kant open. Die stroming stuwde ons verder naar beneden en ik klemde me vast aan Roman. Toen we de bodem raakten, duwde ik zijn hoofd naar beneden en beukte tegen zijn gezicht. Zijn kreet smoorde in het water dat door een barst zijn masker binnendrong. Hij rukte het ding van zijn gezicht en greep automatisch naar zijn reserve-ademautomaat.

Ik denk niet dat hij heeft geweten dat het de mijne was die hij te pakken kreeg. Ik voelde hoe hij aan mijn vest rukte en de ironie wilde dat hij het me daardoor mogelijk maakte om het uit te trekken. Bij zuurstofnood grijp je de eerste de beste luchttoevoer en in die modderwolken zie je geen hand voor ogen. Zo veel tijd was er bovendien niet meer. Hij zal zich misschien hebben afgevraagd waar ik daarna bleef en hij zal gehoopt hebben dat ik een eind uit de buurt was geraakt.

Dat was inderdaad het geval. Ik had me bevrijd van het vest en alles wat eraan vastzat, de duikfles, mijn masker, en de slang naar mijn droogpak.

Zo langzaam mogelijk probeerde ik op te stijgen, met één arm en beide benen gespreid, met mijn andere hand op de ontluchtingsknop van mijn pak drukkend, en zelf ook alle lucht uit mijn lijf blazend om niet met gescheurde longen boven te komen. Vroeger kon ik drie minuten zonder adem en ik weet niet hoelang ik er nu over deed, maar eerder dan verwacht stootte ik tegen het rubberbootje. Ik greep het vast, zoog alle lucht die ik kon krijgen naar binnen en liet me erin rollen.

De explosie gaf meer druk dan ik had verwacht. Op een enorme golf werd ik heen en weer gewalst en over de rand van het bassin gesmeten. Ties kwam uit het instructeurshok gerend.

'Naar de decotank', zei ik.

'Niet bewegen', antwoordde hij en hij rende terug.

Geef het bloed zo weinig mogelijk opwinding, zodat de stikstofbelletjes rustig blijven. Ik kende de procedure.

Ik bleef liggen totdat ik de heli op het buitenplat hoorde landen.

Het verbaast me steeds hoe snel je opknapt als je je veilig waant. Dat hóéft helemaal niet het geval te zijn, maar de gedachte alleen al doet wonderen. Ik werd naar De Kamp gevlogen en in de decotank gestopt, die continu klaarstaat voor duikers die te snel op het droge wilden komen. Rust, dat was het devies. Het enige dat me in beroering bracht was het gezicht van Franca dat na een uur voor de patrijspoort verscheen.

Ze maakte een rondje met haar duim en wijsvinger en trok een vragend gezicht.

Ik deed hetzelfde en probeerde er geruststellend bij te lachen.

Ze knikte en dat deed ik ook maar.

We bleven maar knikken door dat stomme glas totdat de dienst-doende verpleger haar erop attent maakte dat ze via de intercom met me kon praten.

'Ben je oké?' vroeg ze.

'Heel erg oké', zei ik. 'Jij?'

'Ik heb me ziek gemeld maar ik ben ook heel erg oké.'

'Zullen we ontslag nemen?' vroeg ik. 'En iets anders beginnen?'

Ik zei het zomaar, eigenlijk alleen omdat ik me even heel erg met haar verbonden voelde, maar ze leek het idee serieus te over-wegen.

Daarna begon ze weer te knikken, steeds sneller en ik deed mee, totdat de verpleger zei dat we dat soort gein maar thuis moesten uithalen. Daarna verschenen er een paar marechaussees die haar de voordeur wezen, maar toen ze achteromkeek, knikte ze nog steeds.

VIII

Ik verliet de decotank een half uurtje later. Ik werd uitvoerig ge-
checkt door een arts, die, op zoek naar stikstofbelletjes in mijn
gewrichten, luisterde of mijn ellebogen knisperden als ik ze boog.
Ik bleek geluidloos te zijn. Hij liet me hoesten en controleerde of
er bloed in mijn slijm zat. Hij bekeek mijn tong en mompelde dat
die een normale kleur had. Hij had ongetwijfeld instructies gekregen niets over de oorzaak te vragen, want verder was hij verdomd
zwijgzaam.

'Longen goed, jij kunt weer de straat op', luidde zijn conclusie.

Een ontvangstcomité bestaande uit Ties Pletter, een viertal marechaussees en twee heren wachtte me op. Ze namen me mee naar
een geblindeerd busje. Twee marechaussees gingen voorin zitten, en
twee namen plaats bij de zijdeur. De twee heren in burgerkleding
schoven op een bank. Het kostte me moeite ze uit elkaar te houden,
net als de eerste keer dat ik ze ontmoette, na Frizo's dood. En net als
toen droegen ze Burberryregenjassen en hadden op dezelfde onver-
staanbare manier hun naam gemompeld. Zelf lieten ze niet blijken
dat ze me herkenden en misschien deden ze dat ook niet.

Ties en ik gingen tegenover hen zitten. Ze klapten een tafeltje omhoog. Mocht ik weg willen dan had ik een paar barrières te gaan.

'Heb je schade opgelopen?' vroeg Ties.

'Ik ben oké', herhaalde ik nog maar eens.

De twee heren bekeken me een paar seconden alsof ze inschat-
ten of ook mijn geestelijke vermogens het hadden gered.

'Roman heeft het niet gehaald', zei Ties.

'Zou me ook verbaasd hebben', antwoordde ik.

'TT ligt in een militair ziekenhuis', vervolgde hij. 'Zal een paar weken last van zijn hoofd en zijn been hebben. Geen blijvende gevolgen. Wordt medisch afgekeurd voor onderwateractiviteiten. Hij gaat de dienst verlaten.'

'Daar ben ik blij om', zei ik.

'Ted nemen wíj verder voor onze rekening', zei een van de heren nadrukkelijk.

'Maar jij gaat vrijuit', zei Ties tegen mij.

'Mooi', zei ik en ik keek de beide heren aan. 'En wat gaat me dat kosten, Jansen en Janssen?'

De twee stopten met het bladeren door hun papieren en keken me aan alsof ik had gevraagd of ze onmiddellijk hun dienstwapens wilden overhandigen.

'Wat gaat dat jou ópleveren?' zei Jansen. 'Dat zou een betere vraag zijn.'

Ze moeten op topsnelheid hebben gewerkt, die ochtend. Ze hadden al een halve decimeter dossier geproduceerd. En of ze het met opzet deden, weet ik niet, maar ze hadden ineens allebei een foto voor zich liggen waarop ik mezelf herkende. Ik had Franca's bandenlichter in mijn hand en stond op het punt een locker open te breken.

'We willen dit dossier zo snel mogelijk sluiten', zei Jansen één.

'Voor iedereen het beste', zei nummer twee.

Het was het begin van een gesprek over de vele onprettige consequenties van een officieel onderzoek, of een rechtszaak, of een journalistieke interventie, zoals ze het noemden.

Ik snapte hun probleem. Een lid van de BPN dat onder diensttijd zijn eigen vrouw ombrengt ... het zijn eenheden die hun bestaan niet aan de grote klok hangen en al helemaal geen schandaal kunnen gebruiken. Ondertussen reden we steeds rondjes langs de omheining van De Kamp, constateerde ik, af en toe loerend door een klein stukje raam waar het folie was gescheurd.

Toen we ten slotte door de poort naar buiten reden, schemerde het al. In die tijd hadden ze de verklaring van Ted voorgelezen, die uitgesproken belastend voor mij was. En hadden we alle foto's bekeken van mijn nachtelijke bezoek aan de toren. En had ik meerdere reconstructies van het ochtendlijke duikincident voor mijn kiezen gekregen – variërend van een berekende wraakactie tot een soort crime passionel. In alle gevallen zou ik ter plekke kunnen worden ingerekend voor inbraak, zware mishandeling en minimaal doodslag.

Jansen en Janssen besloten het gesprek met dezelfde woorden als waarmee ze waren begonnen: dat ze het dossier zo snel mogelijk wilden sluiten en dat dat voor iedereen het beste was. Ik begreep dat dat speciaal voor mij gold. In ruil zou ik mijn mond houden. Roman kreeg dus gelijk met zijn voorspelling: het incident ging de doofpot in. Het grote verschil was dat ik het was die de deksel erop deed, en niet hij.

'En Angela?' vroeg ik.

Ze klapten hun ordners dicht.

'Dat is een zaak voor de Helzijlse politie', was hun antwoord. 'Maar nu er een verdachte, herstel: mógelijke verdachte, dood is, zal de animo daar niet groot zijn om op deze zaak door te rechercheren. Die zaak valt helemaal buiten ons territorium.'

Het was voor het eerst dat ik die types van de MIVD hoorde vertellen dat ze ergens niks te zoeken hadden. Ik was benieuwd wat ze met Ted hadden afgesproken.

Ik vermeed het Ties aan te kijken toen ik een paar documenten tekende. Hij haalde opgelucht adem. Ook hij zou vrijuit gaan. Per slot was hij de duikmeester geweest. Ze hadden hem sowieso een paar ambtelijke nalatigheden in zijn schoenen kunnen schuiven, goed voor oneervol ontslag. Maar vooral het doorspelen van informatie zoals de tracks van noodbakens zou hem de kop gaan kosten. Het waren geen staatsgeheimen die hij had verraden, maar de krijgsraad zou er wel een interessante kluif aan hebben. Ik denk dat ze hem daarom ook in het busje hadden gezet. Want ik was hem iets schuldig. Hij had me de toegang tot de noodbakens gegeven. Nu was het mijn beurt.

'Dit soort dingen doe je één keer in je leven', zei ik.

'Is genoeg', mompelde hij.

Hij klopte me op de schouder toen ze me bij mijn flat afzetten.

'We moeten eens een biertje drinken', zei hij.

De boys van de marechaussee salueerden alle vier toen ik uitstapte.

Over de dvd's hadden Jansen en Janssen met geen woord gerept, realiseerde ik me en dat luchtte me weer op.

Zelf had ik geen champagnelikeur en wijn meer, dus toen ik Franca belde stelde ik voor bij Jop iets te drinken. Ze wilde er trouwens ook wat bij eten. Dus moest ik Jop overhalen iets zonder een dood dier klaar te maken.

Ze was die middag even in de jungle geweest. Het bericht van Romans dood, een week na die van Angela, vertelde ze, had een stevig beroep gedaan op de fantasie van de jungledieren. Het stelde me gerust dat mijn naam even niet voorkwam in die storm van geruchten. Franca had zelf ook met geen woord gerept over mijn betrokkenheid. Ook zij had een gesprek gehad met Jansen en Janssen en het was tot haar doorgedrongen dat ze zich maar beter kon beperken tot een zwijgende zijlijnpositie. Ze had genoeg meegekregen van haar opleiding Crisis en Disaster Management om een inschatting te maken wat het voor haar carrière en mijn levensloop betekende als ze een luidruchtige hoofdrol zou opeisen.

Terwijl Jop zich in de keuken aan een boerenkoolschotel wijdde, kreeg ik een telefoontje van Oscar. Hij wist van niks en informeerde hoe ik ervoor stond.

Ik antwoordde dat ik een *very long* weekend achter de rug had en dat ik weer helemaal bij de les was. Hij aarzelde en vroeg of ik wist dat de volgende dag een extra vergadering was ingelast om het definitieve antwoord te geven op de adviesaanvraag van de sic.

'Dan weet ik dat nu', antwoordde ik. 'Dus ben ik er, want ik ben weer operationeel. Mijn voorstel luidt dat we vier leden gaan royeren wegens corruptie.'

Oscar zuchtte en zei dat hij het helemaal met me eens was.

Daarna vroeg hij met wie ik een meerderheid dacht te vormen om dat pijnlijke voorstel erdoorheen te jagen.

'De meerderheid van de feiten', antwoordde ik ferm. 'De tijd van gedoe is voorbij. Het is tijd voor daden.'

Het duurde een paar seconden voordat Franca met scherpe tikken van haar bestek mijn aandacht had. Ze had iets op het papieren tafellaken geschreven.

Kamikazepiloot! stond er.

Ik schreef eronder: dvd-opname!

'Zo werkt dat niet', zei Oscar. 'Jij staat er alleen voor. En denk je dat iemand als Fanny dat pikt?'

Ik antwoordde dat hij nog verbaasd zou staan van wat ik in mijn eentje voor elkaar bokste.

'Fanny zal me dankbaar zijn dat ze weg mág', voegde ik eraan toe.

'Dan heb je iets in handen wat ik niet weet', was zijn weerwoord.

Dat beaamde ik, maar hij hield vol.

'Stel dat je erin slaagt als enige over te blijven. Wou je in je eentje advies uitbrengen? Komt volkomen ongeloofwaardig over. Dan vegen ze op alle niveaus de vloer met je aan. Van de kantinejuffies tot de sic. Wat bereik je dan voor het personeel?'

Ik heb een pesthekel aan het gemanoeuvreer op de vierkante millimeter. Met tegenzin zei ik: 'We kunnen de OR aanvullen met kandidaten die op de laatste kieslijst staan ...'

'En die ga jij voor morgenmiddag twee uur inwerken?'

Ik sloeg terug met een uitspraak waarmee hij ons vaak had geprikkeld.

'Laten we in oplossingen denken', zei ik. 'Niet in problemen.'

Daar was hij al mee begonnen vóórdat hij me belde, bleek.

'Dan laten we de OR intact', zei hij. 'Ons advies is dat we een voorbereidingscommissie voor het projectbureau HH vormen. Hebben we het recht toe volgens artikel 15 lid d. Die commissie bestaat uit ambtenaren van de betrokken afdelingen en er moet minimaal één OR-lid in zitten. En dat ben jij. Jullie gaan alles op papier zetten wat er nodig is voor dat projectbureau. Een sociaal plan met terugkeergarantie, loonschaalbescherming, scholing, logistieke ondersteuning, de hele santenkraam. We leggen ook vast dat de OR bij voorbaat alles overneemt wat die voorbereidingscommissie bedenkt. En ik geef je procesondersteuning.'

'Dus dan mogen Beer en zijn trawanten op hun rug gaan liggen, onder het mom van een democratisch proces.'

'Ja, dat ziet er eleganter uit dan dat ze met slaande trom de tent uit marcheren.'

Natuurlijk had hij gelijk. Zolang je met artikel zus of zo kon bereiken wat je wilde, hoefde je geen tijd te besteden aan energieslurpende conflicten. Maar ik zou het ook hogerop gaan zoeken. En hoger dan Angela was er maar één.

'Ik heb ook nog een extraatje', zei ik. 'Roman Marskramer heeft zichzelf vanmorgen opgeblazen. Tijdens een duikoefening. Het zou een ongeluk kunnen zijn, maar hij kan er ook zelf de hand in hebben gehad. Dat wordt nog uitgezocht ...'

Ik beperkte me tot de afgesproken – en door mij ondertekende – versie.

Oscar was slim genoeg om te vermoeden dat het allemaal geen toeval was, maar hij liet niets merken. Hij wenste me sterkte in de jungle en verbrak de verbinding.

Al die tijd had Franca me scherp in de gaten gehouden. Ze wist hoe makkelijk ik zwijgplichten aan mijn laars lapte.

'We gaan echt ontslag nemen', kondigde ik aan. 'Maar komt het op een dag?'

'Hangt ervan af wat je wilt.'

'Er staan nog een paar vragen open', antwoordde ik.

'Nummer één: voor welk probleem was Angela's dood de oplossing?'

'Nee, wíéns probleem', verbeterde ik haar.

Jop zette twee dampende borden voor ons neer.

'Lijkvrij bereid', zei hij met een half lachje.

Ted lag in het Centraal Militair Hospitaal in Utrecht, op een kamer op de afdeling psychiatrie. Toen Franca en ik de dag daarop tegen half elf binnenkwamen, was de doktersronde net voorbij. Dat vertelde een verpleger die de deur naar het paviljoen met een pasje opende en daarna weer zorgvuldig sloot. Hij ging ons voor naar de kamer. We hadden ons voorgesteld als collega's.

'Ted is aan de beterende hand', vertelde hij. 'Die jongen heeft een flinke shock opgelopen, maar vanochtend heeft hij zelf weer wat gegeten en gedronken.'

Onderweg passeerden we nog twee deuren die met behulp van een pasje openzwaaiden.

'Ted is een taaie rakker', zei ik.

'Maar iedereen heeft zijn breekpunt', antwoordde de verpleger.

Hij opende de deur van een kamer aan het einde van de gang.

'Hij heeft tot nu toe niets gezegd', waarschuwde hij terwijl hij ons binnenliet.

Zelf bleef hij op de gang staan.

'Ik doe de deur dicht, niet op slot', fluisterde hij. 'Ik wacht hier.'

Ik weet niet welke instructies hij had gekregen, maar hij wist ze discreet uit te voeren. Wat Ted met Angela had uitgevreten was totaal gestoord en hij had natuurlijk al lang in het cellenblok van het politiebureau in Helzijl moeten zitten, maar daarvoor hadden ze hem niet opgesloten. Eerder om te verhinderen dat hij zichzelf daar in een opwelling zou aangeven.

Ted had alleen zijn militaire ondergoed aan en hij lag op een bed. Zijn rechteronderbeen zat in het gips. Hij staarde naar buiten door een ruit die zo dik leek dat er met een granaatwerper op geschoten kon worden zonder dat er een barstje verscheen. Hij keek niet op toen we binnenkwamen. Pas toen ik me in zijn blikveld bewoog – en hij mij herkende – sloot hij zijn ogen alsof hij een luguber spookbeeld moest verjagen. Hij schraapte zijn keel.

'Wakker worden, TT', zei ik.

Een fluim speeksel vloog in mijn richting, maar blind spugen was niet zijn sterkste kant. De rochel belandde in een fruitschaal.

'Mag ik me even voorstellen?' zei Franca en ze kwam met uitgestoken hand op hem af. 'Ik ben Franca Rosenborg, en jij bent Ted?'

Ted deed zijn ogen open en schudde zijn hoofd. Hij schokte even met zijn bovenlichaam alsof hij wilde opstappen. Ver zou hij niet komen met dat been, maar voor de zekerheid hadden ze zijn handen met boeien aan de rand van het bed vastgemaakt. Dat was Franca ontgaan.

'We hebben een paar vragen voor je', zei ik.

'Hou ze maar', antwoordde hij.

'Ze hebben je een vrije aftocht beloofd', zei ik. 'Dus er staat niks meer op het spel. En je buddy kun je niet meer verlinken … Van wie kreeg Roman die opnames met Angela?'

Ik keek strak naar zijn gipsen been. Hij begreep de hint.

'Ze had hem in de tang', zei Ted. 'Ze had een clown van hem gemaakt. Als je die dvd's hebt gezien, weet je wat voor vlees je in de kuip hebt. Ben je op missie en duikt je vrouw met elke jan boerenlul de koffer in die ze kan vinden.'

Jij bent zo'n jan boerenlul, zei zijn blik. En: wie buitengaats rottige opdrachten uitvoert, moet geen kopzorgen hebben over het thuisfront.

'Is hij door het lint gegaan toen hij die dvd's kreeg?' vroeg Franca.

'Hij had er maar één nodig', zei Ted.

'Die met Justin Plaat?'

Hij verplaatste zijn blik naar Franca.

'Een patjepeeër die zijn geld bij elkaar heeft gesjoemeld over de ruggen van anderen. En nou probeerde hij via Angela zijn slag te slaan.'

'En Roman draaide helemaal door toen hij te horen kreeg dat ze hem voor Plaat ging verlaten? En dat hij naar zijn carrière aan wal kon fluiten? En jij ook? Toen was het zeker tijd om die schandvlek uit te wissen voordat ze Roman definitief uit de plannen verwijderden? En helemaal nadat ze had gedreigd hem erbij te lappen voor verzekeringsfraude …'

Hij knikte.

'Wie heeft die opnames gemaakt?' vroeg ik.

'Vraag maar eens rond in die tent van jullie.'

'Wie?' vroeg ik. 'Plaat? Vetboer? De sic? Geef eens een naam, TT!'

Hij draaide zijn hoofd weg. Hij had er lol in om ons te laten bungelen. En after all, wat was hij ons verplicht? Ik had veel zin om zijn goeie been dezelfde behandeling te geven als zijn gipsen poot had gehad, maar een klopje op de deur hield me tegen. Met mijn geschreeuw had ik de verpleger gealarmeerd. Hij maakte een wenkende hoofdbeweging.

'De patiënt moet rusten', zei hij. 'Geen opwinding.'

Franca gaf me een duwtje.

'We hebben meer afspraken vandaag', zei ze.

We kwamen om kwart voor twee terug in de jungle, vlak nadat Oscar Glas daar was binnengekomen. Beer wachtte hem op en was bezig hem allerhartelijkst te begroeten. Hij kon een frons niet onderdrukken toen hij mij in de gaten kreeg.

'Hé, weer hersteld?' vroeg hij lauw.

'Helemaal', antwoordde ik. 'Waar vergaderen we?'

'In de trouwzaal', zei hij. 'Verder was er niks vrij.'

Franca tikte me op de arm.

'Ik zie je over een uurtje', zei ze en ze draaide zich om.

'Waar ga je heen?' vroeg ik.

Ze wees vaag naar de kop van het gebouw en liep door voordat ik meer vragen kon stellen. Ik wendde me tot Beer.

'Wij moeten even apart.'

Hij knikte halfslachtig.

'Het gaat maar een paar minuten duren', stelde ik hem gerust.

Op z'n hoogst zou hij exact 14 minuten en 27 seconden nodig hebben, maar ik dacht niet dat hij alles zou willen zien. Hij maakte echter geen aanstalten om in beweging te komen totdat Oscar me te hulp schoot.

'Ik ben in de kantine', kondigde hij aan. 'Effe een shotje cafeïne scoren.'

'Mijn kamer', zei ik tegen Beer en ik duwde hem bij zijn elleboog in de goede richting.

'Weet de sic dat jij hier rondspookt?' vroeg hij.

'De sic weet alles', zei ik.

'Ik wil echt om veertienhonderd uur beginnen', waarschuwde hij.

'Ik ook.'

In mijn kantoor rook het naar drie dagen stof. Ik zette mijn computer aan en legde de dvd in de lade. Beer zei niets en volgde mijn verrichtingen met een cynische blik. Ik schoof een stoel bij en draaide het scherm in zijn richting. Bij de eerste beelden schoot Beer overeind.

'Godver!'

'Het wordt nog leuker', zei ik.

Hij maakte een beweging alsof hij het scherm van mijn bureau wilde vegen. Hij hield zich in en alleen zijn zware ademhaling verraadde dat zijn hartslag ongeveer was verdubbeld. Het duurde een halve minuut voordat hij zich van zijn erotische escapades losmaakte.

'Er is meer', zei ik.

'Van wie?' vroeg hij.

Daar had hij natuurlijk niks mee te maken. Ik zette het beeld stil.

'Je hebt al een probleem wanneer bekend wordt dat deze opnames überhaupt bestáán', zei ik. 'Iedereen met een grammetje hersens vraagt zich dan af welk probleem met zo'n dvd moet worden opgelost. Het doel ervan, snap je?'

Of wiéns probleem, dacht ik erachteraan, maar ik wilde Beers hersenen niet al te zwaar belasten.

'Ja', zei hij met opvallend rustige stem. 'Wat wil je?'

'Oscar gaat zo direct een paar voorstellen doen, waar jij en Fanny onvoorwaardelijk mee akkoord gaan. En ik ook. Een meerderheid zogezegd.'

'En dat dáár?'

Hij wees met een hoofdbeweging naar het scherm, waar Angela

net een vette knipoog naar de lens gaf.

'Daar zal ik een kopietje van branden', beloofde ik.

De OR-vergadering van die dinsdagmiddag werd de kortste die ik had meegemaakt. Toen Beer en ik binnenkwamen, zat Oscar al aan de grote tafel, op de plek van de trouwambtenaar. Jani en Susan zaten tegenover hem. Fanny had positie gekozen op de gastentribune. Links en rechts van haar lagen vergaderstukken verspreid. Beer liep op haar af, boog zich over haar heen en zei iets in haar oor.

'Alles goed?' vroeg Oscar aan mij.

Ik wierp een blik op Fanny, die met een verbijsterd gezicht Beers opdrachten aanhoorde. Ze wilde overeind komen maar Beer drukte haar met beide handen terug in haar stoel en fluisterde hevig op haar in. Haar ogen schoten naar mij. In sciencefictionfilms zou ik ter plekke in haar energiebundel gedematerialiseerd worden.

'Alles kits', antwoordde ik opgewekt.

Die mededeling was ook voor Jani en Susan bedoeld, die me aanstaarden alsof ik uit een urn was opgestaan. Ik ging naast Oscar zitten, de kopse kanten van de tafel aan Beer en Fanny overlatend. Zo kon Beer haar zien en haar zo nodig met een corrigerende blik in toom houden. Oscar klapte zijn laptop dicht.

'Wat willen jullie nou eigenlijk bereiken met dat dossier HH?' begon hij.

Omdat niemand zijn mond opendeed, ging hij zelf verder.

'Dat de collega's die buitenshuis worden geplaatst, rugdekking krijgen middels een goed sociaal plan met terugkeergarantie. Dat er een fijne werkplek overblijft voor degenen die niet meewillen. Dat alles met goedkeuring van de bonden. Mooie woorden, maar wat betekenen die in de praktijk?'

Susan opende haar mond, maar Oscar deed alsof hem dat ontging.

'Als jullie willen dat de betrokken ambtenaren daadwerkelijk bij het proces worden betrokken ... en dat willen we ...' Hij keek even naar Fanny, die een krampachtig knikje gaf, '... dan gaan we dááraan werken!'

Onder zijn laptop had hij een plastic mapje liggen dat hij nu te-voorschijn haalde. Er zaten vijf A4'tjes in. Op de ene kant bleek het plan te staan dat hij de dag tevoren met me had besproken. Op de andere kant had hij het extraatje uitgewerkt: de garantie dat onze OR het advies van de voorbereidingscommissie naar de gemeente-raad zou doorsturen als agendapunt voor het raadsdebat over het masterplan HH. En daar moest het go of no-go worden gegeven.

Oscar hoefde niet meer dan vijf minuten leespauze in te lassen om iedereen ervan te doordringen dat de OR van de gemeente Hel-zijl het aan één persoon overliet om de belangen van het personeel te beschermen en zich daarna buitenspel zette.

'En?' vroeg Oscar.

Jani en Susan keken nieuwsgierig naar Beer, die waarderend zijn lippen tuitte.

'Bravo!' liet hij weten.

Daarna draaiden ze hun hoofden naar Fanny.

'Baanbrekend', oordeelde ze en ze stak haar duim op.

Ze wendden zich naar Beer.

'Ja, briljante constructie', bevestigde hij en hij maakte een uitno-digend gebaar naar Fanny.

Ze richtten zich weer naar haar.

'Dit is democratie zoals die bedoeld is', zei ze.

Jani en Susan begrepen nauwelijks wat er gebeurde, maar ze hadden wel door dat ze het zouden afleggen tegen zo'n juichende overmacht. Zelfs de personele invulling lieten ze passeren. Mis-schien dachten ze dat ik als straf naar die voorbereidingscommissie werd verbannen.

'Klinkt allemaal goed', zei Jani aarzelend, nog maar eens een blik naar Beer werpend.

Oscar maakte een einde aan die pingpongwedstrijd voordat Susan een poging zou wagen om haar positie in het organogram veilig te stellen.

'Over dit voorstel gaat Ray naar de concerntop om te onderhan-delen', zei hij. 'Want de sic moet ermee naar B&W om het op de raadsagenda te laten zetten.'

Ik incasseerde vier slappe knikjes. Oscar maakte het meteen maar af.

'Iemand nog iets voor de rondvraag?'

Fanny en Beer schudden hun hoofd. Jani en Susan ook, alleen trager.

Ik stond op, samen met Oscar. De vergadering had korter geduurd dan dat seksfilmpje met Beer als *starring actor*.

Ik ging naar mijn kantoor en eindelijk kon ik een paar opmerkingen van het afgelopen etmaal laten rondzingen. *Wie staat er niet op?* Romans cryptische vraag. Zijn pesterige aanwijzing, *zoek het hogerop*. En de uitspraak van Ted: *Vraag eens rond in die tent van jullie*. Ik probeerde me te herinneren wie er niet in Angela's papieren voorkwam.

Ik stond er verbaasd over dat ik me zo lang op het verkeerde been had laten zetten. Ik besloot nog één test te doen en haalde de autosleutels uit Franca's tas. Ik reed naar de straat van Roman en Angela. Haar camper stond voor het huis. Het leek me niet gepast om Mylène weer om een gunst te vragen nu ze er om Roman rouwden. De gesloten gordijnen spraken boekdelen. Eigenlijk kwam het wel goed uit, want nu zag niemand dat ik het zijruitje insloeg en naar binnen glipte.

Ik reed terug om Franca te vertellen wat ik had ontdekt. Ze was nergens te bekennen, niet in onze kantoorkamers en ook niet in de kantine. Ik belde haar mobiel.

'Waar hang je uit?' vroeg ik.

'Bij Elisa 't Lam', zei ze. 'Kun je daar ook even komen?'

Ik kende Elisa vooral uit de verhalen van Angela. Zij was de echte secretaresse van de sic en niet zoals Angela een beslisser aan wie hij nagenoeg alles kon overlaten. Ze deed het meeste papierwerk, maar ze hield haar ogen en oren open.

Toen ik binnenkwam, zat Elisa achter haar bureau en stond Franca achter haar. Ze begroette me met het gezicht van een patiënt die een treurige tijding verwacht en hoopt dat alles goed gaat aflopen. Van de gelaarsde kat was niet veel over, ze leek eerder een verzopen kat. Ze had gehuild en ze ging dat misschien weer doen. In beide vuisten klemde ze een tissue.

'Ik heb Elisa absolute geheimhouding beloofd', zei Franca meteen.

'Dat wordt routine', zei ik. 'Er kunnen nog wel wat geheimen bij. Gaat het, Elisa?'

Franca pakte haar bij de schouders.

'Elisa heeft Angela's bureau na haar dood opgeruimd en alle persoonlijke bezittingen in een doos gedaan ...'

'Wanneer?' vroeg ik.

'De volgende ochtend', zei Elisa en ze schraapte haar keel.

Ik knikte. Na mijn controlebezoekje dus.

'Ik heb alles bij de bodekamer afgeleverd en gezegd dat ze die doos bij Roman moesten bezorgen', zei ze.

'Wat zat er in die doos?' vroeg ik.

'Alleen wat kantoorspulletjes', zei Elisa. 'Een fotootje, een pressepapier, dat soort dingen. Een uurtje later merkte ik dat ik had vergeten om het postvakje van Angela leeg te maken. Er lagen nog wat ansichtkaarten die aan haar waren geadresseerd. Die wilde ik erbij doen, maar toen kwam ik erachter dat de doos al was opgehaald.'

'Door Roman?' vroeg ik.

Elisa zweeg. Ze kneep de tissues tot een plakkerige bal.

'Door Godfried', zei Franca.

'De sic?'

'Hij was ontzettend pissig dat ik Angela's bureau had opgeruimd, heel onredelijk. Maar hij was in de week daarvoor al niet te genieten.'

Het kwam overeen met wat ik op mijn kamer had bedacht.

'Wat moest Godfried daarmee?' vroeg ik.

Franca boog zich voorover en gaf Elisa een kneepje in haar schouder.

'Je moet alles vertellen', zei ze tegen haar voordat ze zich weer naar mij richtte: 'Ik heb verteld dat Roman vanochtend is verongelukt ...'

'Hij heeft er nog wat bij gedaan en een van de bodes onmiddellijk op pad gestuurd.'

'Dat was die doos die we van Mylène hebben gekregen', zei Franca. 'Maar Elisa is er zeker van dat ze geen dvd's in Angela's bureau had gevonden. Godfried heeft de opnames van jou en Beer erbij gedaan.'

Het moest Elisa ontgaan waar dat op sloeg, want ze maakte zich zorgen over iets anders.

'Ze hadden een affaire, hij en Angela', zei ze. 'Er gebeurde na vijven heel wat meer dan dat er in haar taakomschrijving stond. Ik vond het natuurlijk niks, maar ik gun iedereen zijn geluk, hoor.'

Ze liet er een verontschuldigend lachje op volgen alsof ze zelf ook een graantje van dat geluk had willen meepikken.

'Tot vorige week woensdag soms?' gokte ik.

Elisa knikte hevig. Het leek haar op te luchten dat er nog iemand op de hoogte was. Of deed alsof.

'Ja, dat weet ik zeker', zei ze. 'Dat merk je, als vrouw. Angela was vanaf die middag nergens te bekennen, ze hing overal rond, behalve in haar kamer. Godfried was er kapot van. Hij gaf soms geeneens antwoord als ik wat wilde weten. Ik wist wel waar die rotstemming aan lag, maar ik kon hem natuurlijk niet helpen.'

Elisa had in de startblokken gestaan, bleek daarna. Ze had gehoopt dat de sic zelf naar haar toe kwam om uit te huilen en zo lang moest ze discreet zijn. Ze wachtte tevergeefs, hij had zijn handen vol aan het rechttrekken van zijn ontspoorde liefdesleven. En meer dan dat, veel meer.

'Ik weet niet eens wie een punt achter die verhouding zette', verzuchtte ze. 'Zou Angela zich om Godfried …?'

Zowel Franca als ik zei dat je de sic niet de schuld daarvan kon geven.

'Kan het kwaad dat ik dit heb verteld?' vroeg ze. 'Ik bedoel, Godfried gaat er toch geen last mee krijgen?'

Franca kwam achter haar vandaan.

'Wat je hebt verteld, blijft onder ons', beloofde ik.

'En anders zal hij het toch wel ontkennen', stelde ze zichzelf gerust.

Ik ving Franca's blik voordat ze zei: 'Hij moet ook zien te leven met de dood van Angela.'

En eraan ten onder gaan, zei die blik.

Op mijn kamer namen we de luie stoelen die voor de bezoekers waren bestemd. We hadden uitzicht op het binnenpleintje en de werkkamers van de andere jungledieren. Het was bijna vijf uur en overal werden de computers afgesloten.

'Ze is echt als een femme fatale in de jungle tekeergegaan', zei ze. 'Ze wedde eerst op de sic, maar ze heeft hem gedumpt toen Plaat als de prins op het witte paard kwam aanhobbelen.'

'Met hem werd het serieus', beaamde ik. 'Maar ze moest nog even van die deal met de sic af. Samen hadden ze iedereen in hun zak die dwars kon gaan liggen. Angela had alles en iedereen ingepalmd en dat op dvd vastgelegd. En de sic dacht dat hij de boel onder controle had. Totdat ze dus overliep naar Plaat.'

'Ik heb vanmiddag de camera in Angela's camper bekeken', zei ik. 'Het is er een met een dubbele bediening. Je kunt hem zelf in- en uitschakelen, maar je kunt hem ook zo instellen dat hij automatisch begint op te nemen zodra er iets beweegt. Dat was het geval tijdens het vrijpartijtje met Plaat. Daarom keurde Angela de lens tijdens die opnames geen blik waardig. Ze waande zich toen onbespied. Voor de andere opnames zette ze het ding zelf aan en uit.'

'Godfried wist toen waar hij aan toe was. Hij hoefde die dvd alleen maar aan Roman te geven.'

'Ze wilde de touwtjes in handen houden. Roman raakte ze kwijt aan Ted en toen alles en iedereen aan het schuiven raakte door dat masterplan, zag ze haar kans schoon.'

'Zullen we Godfried daarmee wat last bezorgen?'

Ik wees naar de kantoorkamers tegenover ons, waar niet overal de verlichting was uitgeschakeld.

'Laten we wachten tot het voetvolk is verdwenen.'

We keken toe hoe steeds meer vlakken duisternis ontstonden.

179

'Roman heeft je op je schuldgevoel vanwege Frizo gepakt', zei Franca toen er nog maar op drie kamers licht brandde. 'Daarom durfde hij je op pad te sturen met de vraag waarom Angela zelfmoord had gepleegd. Toen je met die nota's kwam aanzetten, besloot hij je een paar botten toe te gooien waarop je je tanden mocht stukbijten.'

Ik kon niet anders antwoorden dan dat ze gelijk had. Toen er nog op één kamer, die van de sic, licht brandde, zei ik: 'Ted liet haar achter als een hond in het bos.'

Franca stond op.

'We geven de sic een kans om alles uit te leggen. We beginnen bij de OR.'

Het bureau van de sic staat vijf stappen verwijderd van de deur maar hij keek niet op toen we zijn kamer binnenliepen. Hij was druk bezig met het ondertekenen van stukken, leek het. Pas nadat hij zijn pen met een zwierig gebaar had neergelegd, vroeg hij: 'Wat mag het zijn?'

Ik liet Oscars voorstel op zijn bureau dwarrelen.

Hij ging achteroverzitten en sloeg zijn handen achter zijn hoofd.

'Dit plan kun je schudden', zei hij. 'Ik ga de gemeenteraad niet lastigvallen met personeelsproblemen op het gemeentehuis.'

Iemand had hem al ingelicht. Ik vermoedde Beer.

'Het wordt meer dan dat', zei ik. 'Er gaat ook een ongevraagd advies mee over dat hele plan HH. Dat is een van de voorrechten van de OR.'

'Ongevraagde adviezen zijn de slechtst denkbare', antwoordde hij.

'Ongevraagde verbouwingen ook', zei ik. 'En ongevraagde projectbureaus en …'

'Dat had jij allemaal kunnen meemaken', zei hij. 'Maar je moest zo nodig de speurder uithangen. Je hebt al een opvolger …'

'We kunnen de adviezen van de OR ook aan de oppositiepartijen geven', zei ik. 'Als voorafje zullen ze grote gaten schieten in dat

BIBOB-onderzoek. Vooral als ze weten wie dat hebben uitgevoerd. En daarna gaan ze met grof geschut dat hele plan voor de haven en de binnenstad te lijf.'

De sic schudde meewarig zijn hoofd.

'Tegen die tijd werk jij hier al lang niet meer', merkte hij op. 'En jij ook niet meer, Franca.'

'Waarom zo wrokkig?' vroeg ik. 'Vanwege je gerommel met Angela?'

Hij gaf me een vermoeid glimlachje.

'Sinds wanneer stort Interne Veiligheid zich op een baas die het met zijn secretaresse doet?'

'Sinds de secretaresse dat niet overleeft', zei ik. 'Omdat zijn secretaresse een deal maakt met de man die aan de poten van de baas zijn stoel zaagt. Sinds hij opnames laat maken van de buitenechtelijke exercities van die secretaresse met OR-leden, en van de Sambovertegenwoordiger. Zodat ze ja en amen zeggen. Maar vooral sinds die secretaresse met die opnames naar die zagende man loopt.'

'Kortom, sinds ze jou dumpte', ging Franca verder. 'Sinds ze de voorkeur gaf aan Justin Plaat.'

'Zeg het gerust als we ernaast zitten', zei ik. 'Maar wij denken dat je samen met Roman ons in kringetjes hebt laten dwalen.'

De sic deed een poging om met zijn serene lach onze verdachtmakingen te pareren, maar hij strandde in een starre grimas.

'Had je gepland dat Roman haar te grazen zou nemen nadat hij die dvd met Plaat had gezien?' vroeg ik. 'Of ging hij te ver? Zo ver dat jij ook niet meer kon ingrijpen? Je hebt hem uitgelegd waar hij de opnames kon ophalen. Heb je hem erbij verteld dat hij snel actie moest ondernemen, wilde hij zijn baantje bij Security redden?'

'Sol, je begint verdomd irritant te worden met je verdachtmakingen', zei hij. 'Nu Fanny als dader is afgevallen, neem je de volgende op je lijstje?' Hij sloeg zijn armen over elkaar. 'Ik geef jullie vijf minuten om het pand te verlaten. Zo niet, dan waarschuw ik de bewaking.'

'De rest van de dvd's kreeg hij er als premie bij?' vroeg ik. 'Via de bode?'

De sic greep naar de telefoon. Franca zette hoog in, maar het was ook de hoogste tijd om te bluffen.

'Travo Ted zit op dit moment in een gesloten afdeling van een psychiatrisch ziekenhuis', zei ze. 'We zijn vanochtend bij hem geweest. Hij doet je de groeten.'

De sic zette zijn bril recht.

'Wie?'

'Ted is de jongen die jou een paar bonnetjes heeft gegeven', zei ik. 'Die jij op jouw beurt weer op Angela's bureau hebt gelegd. Voor het geval ze gevonden werd voordat hij haar weer kon losmaken. Wist je dan wat ze van plan waren of deed je gewoon wat TT zei?'

'Hij is nog wat in de war', vervolgde Franca. 'Maar binnenkort zal hij zijn geheugen wel weer op orde hebben. Hij heeft geen loyaliteitsproblemen want zijn buddy is vanmorgen bij een explosie om het leven gekomen ...'

Het waren twee troeven die ze tegelijkertijd uitspeelde. De sic was niet op de hoogte van Romans dood. Hij bleef Franca een paar seconden aanstaren.

'Je bedoelt Roman?'

Franca hoefde niet eens te knikken. De sic verroerde zich niet maar zijn hersenen schoten in de fullspeedstand. We gaven hem een paar seconden.

'Ted gaat vrijuit wat Angela aangaat', zei Franca koel. 'Maar daar hangt een prijskaartje aan. Defensie wil alles van hem weten. Wie, waar, wanneer, hoe, enzovoorts. Jouw naam valt. Daarover hoef je je voorlopig geen zorgen te maken want de ordner Angela Marskramer verdwijnt in een diepe dossierkast van de MIVD. Maar als wij in Teds nek blijven hijgen, en reken erop dat wij levenslang in Teds nek gaan hijgen, komt hij vanzelf een keer bij de recherche hier om te vertellen wat hij van Angela's dood weet, tenminste voor zover hij er zelf geen schade van ondervindt. Kroongetuigenregeling of iets dergelijks. Komt jouw naam toch weer bovendrijven, wedden?'

Hij draaide zijn stoel een kwartslag naar het raam. Zijn gezicht werd even grauw en verward als de wolkenpartij die boven het donkere Koninginneplein voortjoeg. In zijn hoofd moest hij razendsnel een afweging maken. We gaven hem alle tijd en toen hij weer begon te praten, leek het alsof zijn stembanden met een afbijtmiddel waren bewerkt.

'Wat willen jullie?' vroeg hij. 'Ook een vet baantje in dat idiote plan van Vetboer?'

'Nee', zei ik en ik wees naar het papier van Oscar Glas. 'Alleen dit hier.'

Zijn glimlach was vreugdelozer dan ooit.

'En daarna?' vroeg hij.

Ik sloeg een kruis in de lucht: 'Daarna is het over en sluiten voor jou. Dan zit je taak erop hier. Mag je wegwezen.'

Hij knikte kort. Even leek het alsof het hem opluchtte dat hij die beslissing niet zelf hoefde te nemen. Dat zou verdomd jammer zijn want dan hoefden we Oscar niet meer in te schakelen.

Ik gunde hem dit gouden ringetje aan zijn vulpen.

Buiten sloeg ons een regenvlaag in het gezicht nadat we door de hoofdingang de jungle hadden verlaten. Ergens begon een carillon te dreinen. Franca pakte mijn hand toen we het plein overstaken.

'Waarom heb je mijn wagen niet in de parkeergarage gezet?' vroeg ze.

'Omdat ik je pasje ben kwijtgeraakt', zei ik. 'Nee, herstel, omdat ik het heb weggegooid.'

'Waarom?'

'Dit was je laatste werkdag.'

'En jij dan?'

We stapten in.

'Ik wacht tot je me een baan aanbiedt bij het bedrijf dat je gaat beginnen.'

Ze startte de wagen maar reed niet weg.

'Het komt niet op een dag', zei ik.

Ze zette de motor weer af en pakte met beide handen mijn hoofd beet.

'Soms is een seconde al te veel ...' Ze gleed met haar lippen langs mijn oor. '... voor een check.'

'Om wát te checken?' vroeg ik.

'Wat Angela met je deed op die dvd ...' Haar wang streek langs de mijne. 'Of je echt zo graag in je hals wordt gebeten.'

Ik besloot dat ik de oplossing van dat probleem niet in de weg moest staan. Ik humde iets terug dat alles tussen ja en nee kon betekenen.

Uiteindelijk had ik genoeg kansen verpest.

Jac. Toes bij De Geus

De kleine leugen

Ghislaine Krantz stelt alles in het werk om haar verdwenen echtgenoot Stefan terug te vinden. Omdat haar zoektocht al snel strandt en ze van de politie nauwelijks hulp krijgt, neemt ze advocaat Fred Benter in de arm. De verdwijning van Stefan trekt een zware wissel op Ghislaine en haar zeventienjarige zoon Ferry. Hun relatie wordt slechter naarmate Stefan langer wegblijft. Terwijl Ghislaine op steeds meer onverklaarbaarheden stuit, stort Ferry zich op de bestrijding van dierenleed. Benter en Ghislaine ontdekken dat Stefans verdwijning nauw samenhangt met Ferry's activisme.

De twaalfde man (met Arnold Jansen op de Haar)

Heleen Akkerslag krijgt tijdens haar stage bij de Arnhemse recherche meteen haar vuurdoop: uit de Rijn zijn twee lichamen opgedregd. De schok is groot als ze haar hoogleraar, criminoloog Karle Bosselaar, en haar medestudente Fatima Ansloo herkent. Rechercheur Manzo Gorzak vermoedt zelfmoord en wil het dossier snel sluiten. Alle aandacht van de politiediensten gaat uit naar een dreigende terroristische aanslag op het supportersvervoer naar het WK voetbal in Duitsland. Het onderzoek van Manzo en Heleen krijgt een onverwachte impuls als blijkt dat Bosselaar en Fatima zijn vermoord.

De afrekening

Uit de Arnhemse Blue Bandbajes ontsnapt op spectaculaire wijze Danny Hecker, topman van de Gelderse maffia. Hij wordt met cel en al door een hoogwerker over de gevangenismuur gehengeld en op een gereedstaande vrachtwagen gezet.

Twee weken later wordt zijn lijk opgevist uit het Apeldoorns Kanaal, samen met dat van zijn – onbekende – bevrijdster. Voor advocaat Fred Benter is zij bepaald geen onbekende: hij herkent zijn ex-geliefde Jaël Zamka. Reden te meer om zich in het 'ongeluk' te verdiepen.

Fotofinish

Stan Dewende, een ambitieuze strafrechtadvocaat, wordt het slachtoffer van merkwaardige en pijnlijke incidenten tijdens een serie hardloopwedstrijden. Gewoon onbegrijpelijke pech? Het lijkt er eerder op dat iemand het op zijn leven heeft voorzien.

Kunst zonder genade (met Thomas Hoeps)

De vrouw van een Nederlandse museumdirecteur vindt de dood in een Duits museum. Haar moordenaar heeft zich klaarblijkelijk laten inspireren door een kunstwerk. Om die reden wordt de deskundigheid van restaurateur Robert Patati ingeroepen. Als ook in Nederland een artistiek geïnspireerde moord ontdekt wordt, is de Nederlands-Duitse connectie een feit. Psychologe Micky Spijker, werkzaam bij de Arnhemse politie, en Robert Patati slaan de handen ineen om een op hol geslagen kunstgek te stoppen.